AF553301

उन्तीसवीं धारा का आरोपी

(उपन्यास)

उन्तीसवीं धारा का आरोपी

महाश्वेता देवी

अनुवाद

सोरित

राधाकृष्ण प्रकाशन

ISBN : 978-81-7119-886-3

उन्तीसवीं धारा का आरोपी

पहला संस्करण : 2004
पहली आवृत्ति : 2022
This book is printed on **Print on Demand** Technology : 2025

मूल्य : ₹495

प्रकाशक

राधाकृष्ण प्रकाशन प्राइवेट लिमिटेड
जी-17, जगतपुरी, दिल्ली-110 051

शाखाएँ : अशोक राजपथ, साइंस कॉलेज के सामने, पटना-800 006
पहली मंजिल, दरबारी बिल्डिंग, महात्मा गांधी मार्ग, प्रयागराज-211 001
1, अनमोल सोराबजी संतुक लेन, धोबी तलाव, मरीन लाइंस, मुम्बई-400 002

वेबसाइट : www.radhakrishnaprakashan.com
ई-मेल : info@radhakrishnaprakashan.com

UNTISVIN DHARA KA AROPI
(Novel) by Mahashweta Devi
Translated by Sorit

उन्तीसवीं धारा का आरोपी

"अंग्रेजी के 'एस्कार्ट' शब्द का अर्थ, पुलिस विभाग के उन कर्मचारियों से है, जो पुलिस कर्मचारी, अपराधी, सरकारी धन, स्टैम्प या सरकारी साजो-सामान को एक जगह से दूसरी जगह अपनी जिम्मेदारी पर ले जाते हैं। यह एस्कार्ट स्थलमार्ग, जलमार्ग, अन्तरिक्ष, पैदल या मोटर से अथवा गो-यान (बैलगाड़ी), नाव या स्टीमर या हवाई जहाज से होता है।"—पुलिस हैण्डबुक।

इस वक्त एस्कार्ट पैदल ही किया जा रहा था। थाना कांस्टेबल बिरिज परही, साहसा के आतंक के रूप में मशहूर, बलबीर प्रसाद को एस्कार्ट कर रहा था। किसी एक अपराधी के लिए महज एक कांस्टेबल ही काफी है। किताब में भी ऐसा ही लिखा है। पुलिस हैण्डबुक नाम की इस किताब को बिरिज ने कई बार पढ़ा है। पढ़ते-पढ़ते इस किताब को उसने अक्षरशः रट लिया है। हनुमानजी के अवतार पर, पुलिस हैण्डबुक पर और गाँव के मालिक महाजन देवकीनन्दन मिसिर पर बिरिज की अपार आस्था है।

बिरिज देवकीनन्दन से डरता था। बहुत ज्यादा डरता था और उसका इतना अधिक डरना स्वाभाविक भी था। उसके इतना डरने की वजह भी थी। जगूखारा गाँव के चाँद और सूरज देवकीनन्दन ने कभी कहा था कि दसाझ परही, जात का घासी है और मेरा सेवकिया लगता है। उसके बेटे का नाम है बिरिज। हाँ ! और ये बड़े ताज्जुब की बात है कि यह लड़का घर से भागकर तोहरी में किसी स्कूल में पढ़ रहा है। वह अब सेवकी का काम नहीं करता है। इससे भी अधिक ताज्जुब की बात तो यह है कि वह इस बार कक्षा दस का इम्तहान भी पास करेगा। खैर, बिरिज तो सरकारी खर्चे में पढ़ाई-लिखाई कर रहा है। जगूखारा ब्लाक में कोई सरकार नहीं है, हम हैं।

डर के मारे इसके बाद कभी भी गाँव लौटने की बात बिरिज ने सोची तक नहीं थी। इस 'डर' या आतंक के बारे में उसके युवा

अध्यापक ने उसकी काफी परेशानियों को दूर किया था। द्वारकानाथ नाम का यह दुबला-पतला व्यक्ति बोलता कम था और ज्यादातर लोगों की ही सुनता था। उम्र यही कोई तीस के आस-पास। जात का भुइयाँ। हेडमास्टर साहब तो उसे नौकरी में रखने से ही आनाकानी कर रहे थे। परन्तु शिक्षा सचिव ने अनुसूचित जाति के इस युवक की न केवल इस स्कूल में नौकरी लगवाई बल्कि जाते-जाते हेडमास्टर को धमकाते हुए यह भी कहा कि ऊँची जात की गर्मी अब छोड़िए। ये सब बकवास है और ध्यान रहे कि भारत में अब जात-पात और छुआछूत की बात नहीं चलती है।

अपने छात्रों के लिए द्वारकानाथ अत्यन्त आदर और सम्मान का पात्र रहा है। उसकी नौकरी जिस दिन गई, बस, उसी दिन से वह भी कहीं गायब हो गया। बिरिज ने द्वारकानाथ, जिनको वह प्यार से भइयासाहब कहते थे, को रेल कुली-धेवड़ा (कुलियों के रहने की कोठरियाँ) के सामने खटिया पर पड़े हुए देखा था। वे किसी नंगे और गन्दे बच्चे के साथ खेल रहे थे। कभी उसने द्वारकानाथ को भंगी टोली के लोगों को पढ़ाते हुए भी पाया था। द्वारकानाथ बहुत ही अद्भुत और रोचक बातें करता था।

'सुन्दर' क्या है ? अगर जानना चाहते हो तो भंगी टोली और कुली धेवड़ा में जाओ। तलाशने की कोशिश करो कि तुम्हे वहाँ कुछ सुन्दर दिखता है या नहीं। मैं तो रोज देखता हूँ।

बिरिज को कहा था, 'डर' क्या है ? डर किसे कहते हैं यह मुझे पता है। गाँव के मालिक महाजन ने कहा था, भुइयाँ का लड़का पढ़ाई-लिखाई कर रहा है ? अरे द्वारका ! क्या तू यह भूल गया कि तेरे घर के बच्चे अगर पढ़ने गए तो मैं उनकी अँगुलियों को काट देता हूँ ?

हाँ-हाँ जी भइयासाहब।

मैंने उसकी इन बातों को अनसुना कर दिया।

मालिक ने अत्याचार नहीं किया ?

मुझे तो अम्मा ने टाउन भेज दिया था। उसके बाद जब अम्मा धान पीटने गई तो उसको लात पर लात मारा।

उसके बाद ?

उसके बाद क्या ! अम्मा उसके बाद भी जिन्दा रही।

—अच्छा भइयासाहब एक बात बताइए कि आप अपनी कमाई का पूरा पैसा हम कुली-भंगियों पर क्यों खर्च कर डालते हैं ?

—क्यों न करूँ ? आठ साल की नौकरी हो गई। अम्मा और भाई को जमीन खरीद दी है। बस, मेरा काम खतम।

—क्यों ? आपने शादी-ब्याह नहीं किया है ?

हाँ-हाँ, वह भी है। मेरे दो लड़के भी हैं। अभी तो मेरे पास अपनी जमीन भी है या नहीं ? मेरी जमीन पलामू कैनेल (नहर) के पास ही है। खास जमीन है, पूरा पाँच बीघा। धान, गेहूँ, रबी की फसल लगाओ और खाओ। अब तो कई भुइयाँ लोगों ने भी वहाँ अपनी जमीन खरीद ली हैं।

—आप कभी उधर जाते नहीं हैं ?

—कभी-कभार।

—डर को भगाने का क्या उपाय है ?

—यह तो बहुत आसान है। आँखें मूँदकर एक लम्बी साँस लो और अपने आप से कहो, कि मैं किसी से नहीं डरता।

—आप हमारे मालिक को नहीं पहचानते हैं?

—अच्छी तरह से पहचानता हूँ। उसके बारे में मैं जानता हूँ। हरिजन संघ का केशव जानता है। पलामू जिला अभी भी कम से कम हजार साल पीछे चल रहा है। तुम्हारा मालिक दरअसल एक जानवर से ज्यादा कुछ नहीं है।

—यह क्या कह रहे हैं ? वह एक ब्राह्मण है।

—मैं तुझे एक नई जगह दिखलाऊँगा। वहाँ पर ब्राह्मण नहीं है।

बिरिज अपने सिर को एक जगह झुकाकर हँस पड़ा था।

यह 'तू' कहना कितना प्यारा लगता है। केशवजी भी उसे 'तू' कहते हैं। और इस भइयासाहब के कारनामे भी कितने ! अब उस बार की बात ही क्या कुछ कम है जब भइयासाहब भगवान बन गए थे। टहार के शिवमन्दिर में बैजनाथ और कपिलेश्वर की मूर्तियाँ हैं। शिवरात्रि की रात को उस मन्दिर का पुरोहित सिंहासन पर बैठता है। उसके सामने पीतल की एक बड़ी परात होती है, जिस पर झनाझन पैसे गिरते हैं। सभी लोग वहाँ पहुँचते हैं। जो लोग वहाँ नहीं जा पाते उन्हें बाद में लोगों से उन्हें काफी खरी-खोटी सुननी पड़ती है।

शिवरात्रि के दिन द्वारकानाथ सुबह-सुबह मन्दिर जानेवाली सड़क पर अपने लान खड़े करके बैठा हुआ था। बार-बार स्कूल के घण्टे को बजाता और चीख-चीखकर लोगों को पुकारता। लोगों में उसकी चीख-पुकार से अफरा-तफरी मच गई।

मुझे बैजनाथ कपिलेश्वर ने सपना दिया है। सपने में उन्होंने मेरे सिर पर अपना हाथ रखा। मैं भगवान हूँ। मुझे चढ़ावा दो और फिर मेरा चमत्कार देखो।

मास्टर सभी की जान-पहचान का आदमी था। सभी उसे चाहते थे। भरोसे का आदमी है, हो भी सकता है कि वह जो कह रहा है वह सच हो। सभी लोग यही सोच रहे थे। इतने में हरिजन संघ के केशव और प्रसाद महतो आकर भइयासाहब के चरणों में लोट गए।

—गोड़े लागी देवता—ये केले और लड्डू लो, इनको प्रसाद के रूप में ग्रहण करो देवता।

तोहरी के दो घोर नास्तिकों के इस रवैए से सभी लोग हैरान। देखते ही देखते वहाँ खड़े कुली, भंगी और जितने हरिजन थे, सभी ने अपने-अपने पैसे, सत्तू, फल और लड्डू उस परात में रख दिए।

—अरे, भाई, हर साल तो टहाड़ में जाते ही हैं पूजा करने। इस साल तोहरी में ही पूजा कर लेते हैं। अब हम सब को जो आदमी इतना चाहता है, हमेशा हमारा भला चाहता है, भगवान के अलावा किसका मान इतना उदार होगा ? का समझा है तू लोग ?

देखते ही देखते परात में प्रसाद का ढेर लग गया। तब भइयासाहब ने कहा—भाई लोग, मैं भगवान हूँ। तुम लोग अपनी आँखों से देख लो। देखो भगवान अपने हाथ से उठाकर प्रसाद खा रहा है। देखो, भगवान अपने हाथों से प्रसाद अपने भक्तों में बाँट रहा है। ले बेटा, खा। जी भरकर खा।

सभी ने प्रसाद खाया। खुशी-खुशी खाया। भइयासाहब ने पैसे अपने पारा बटोरकर रख लिए। उस दिन तो काफी लोग टहाड़ में गए ही नहीं। मन्दिर से लौटकर दारोगाबाबू ने पूछा—द्वारकानाथ ! यह कैसे हो सकता है कि भगवान ब्राह्मण और ऊँची जाति को सपना न देकर तुम्हारे सपने में आए ?

द्वारकानाथ ने कहा—वही तो हमने भी पूछा दारोगाजी, तब

जानते हैं क्या हुआ, भगवान ने मेरी ओर अपना त्रिशूल उठाकर क्रोधभरी आँखों से कहा कि, उसका फैसला तू करेगा रे मूरख ?

—ये बात तो तेरी ना समझ में आई कि कल तक तू भगवान का आदमी था और आज मास्टर बन गया ?

—वही तो आर्डर न था, दारोगाजी ? दारोगाजी अब कोई ऊँची जात वाला हमको आर्डर देगा तो हमको मानना न पड़ेगा। भगवान शिव भी तो सवर्ण हिन्दू हैं कि नहीं ? उनका आर्डर कैसे न सुनें ? न मानें ?

—आर्डर !

—हाँ, भई हाँ। आप जैसे सर्कल इंस्पेक्टर से आर्डर लेते हैं ठीक वैसे ही।

—तब तो ठीक किया। आर्डर तो मानना ही पड़ेगा। तुम तो मास्टर हो। तुम्हें शायद मालूम हो। क्या देवता लोग का भी जात-पात होता है ? अब तुम पढ़े-लिखे हो, तुम बता सकते हो। क्या देवता लोग ब्राह्मण होते हैं ?

—ही...ही दारोगाजी, आप ये क्या कह रहे हैं ? देवता लोग क्या भला ब्राह्मण होंगे ? अरे, देवता लोग तो ब्रम्ह ब्राह्मण होते हैं।

दारोगाजी खैनी टीपते हुए चले गए। बिरिज इन सारी बातों को दरवाजे की आढ़ से सुन रहा था। जब तक दारोगा और द्वारकानाथ की बातचीत चलती रही थी, प्रसाद और केशव सर झुकाकर चुपचाप बैठे सुनते रहे और उसके बाद दारोगा वहाँ से गया नहीं कि केशव, प्रसाद और द्वारकानाथ हँसते-हँसते लोटपोट हो गए। प्रसाद ने कहा कि द्वारकानाथ तो बड़ा तेज निकला। दारोगा को भी घिसकर रख दिया। बोलता है ब्रम्ह ब्राह्मण ! अरे यह किस चिड़िया का नाम है रे ?

भइयासाहब ने कहा कि कुछ भी कह लो, इस साल कोई उस टहाड़ के ठग के पास नहीं गया, यह बहुत अच्छा हुआ। पैसे भी कम इकट्ठे नहीं हुए। बीस रूपए से भी ज्यादा इकट्ठा हुआ है। इन पैसों से ढेरों स्लेट और किताबें आ जाएँगी।

बिरिज की तो कुछ समझ में नहीं आ रहा था, कि आखिर यह हो क्या रहा है।

उसके अगले ही साल बिरिज ने अपनी पढ़ाई पूरी कर ली। और ताज्जुब की बात ये हुई कि जगूखारा गाँव के मालिक महाजन

देवकीनन्दन मिसिर की मदद से नौकरी के लिए अपनी एड़ियों को घिस रहा बिरिज परही थाने का कांस्टेबल बन गया। देवकीनन्दन ने बिरिज का भाग्य बदल दिया। हालाँकि देवकीनन्दन रहता है जगूखारा में और बिरिज तोहरी में। इसके बावजूद ऐसा हुआ। इसकी वजह था द्वारकानाथ, यानी द्वारकानाथ और बिरिज का टहाड़ के मन्दिर के सामने किन्हीं करीबी दोस्तों की तरह मूँगफली चबाते हुए एक-दूसरे से बतियाना। वह लोग मूँगफली चबा रहे थे और बिरिज उनसे अपने दुख की बातें कर रहा था। बारहवीं की परीक्षा पास करने के बाद बिरिज ने द्वारकानाथ, केशव और प्रसाद को 'तुम' कहना शुरू कर दिया है। अब 'आप' कहने से उनमें से कोई भी जवाब नहीं देता है। बिरिज उन्हीं के साथ खाना खाता है और नौकरी की तलाश कर रहा है।

बिरिज यही सब बातें कर रहा था कि सिंचाई विभाग के दफ्तर में चपरासी की नौकरी नहीं मिली क्योंकि वह ज्यादा पढ़ा-लिखा था। चपरासी के लिए ज्यादा से ज्यादा कक्षा आठ पास होना ही काफी था। रेलवे में नौकरी नहीं मिल सकती, क्योंकि उन्हें अनुसूचित जाति का स्नातक मिल गया है। आपूर्ति विभाग (सप्लाई विभाग) तो घासी नाम ही नहीं जानता है।

—कैसे ?

—मेरे कहने का मतलब है कि घासी नाम से वह वाकिफ तो हैं परन्तु जिन अनुसूचित जातियों को वह काम दे सकते हैं उस तालिका में घासी और परहाइया का नाम नहीं है। अब यह तो सरकार पर है कि कब उस सूची में परहाइया और घासी का नाम सम्मिलित करेगी। उसके बाद ही कहीं वह हमसे दरख्वास्त कबूल करेंगे।

—स्कूल में क्यों नहीं आ जाते ?

—स्कूल में !!! कैसे ? आप—मेरा मतलब है तुम तो यहाँ काम कर ही रहे हो।

—मैं तो यह नौकरी छोड़ने वाला हूँ।

—नौकरी छोड़कर क्या करोगे ? सर्विस मत छोड़ो।

—देखता हूँ। अरे, यह कौन आ रहा है ? और तुम कहाँ भागे जा रहे हो ?

—मेरे मालिक हैं, पूजा के लिए आए हैं।

बिहार के लाख वाणिज्य सहकारी फेडरेशन के सर्वेसर्वा हैं देवकी मिसिर। जगूखारा के मालिक महाजन देवकी मिसिर ने अपनी छड़ी घुमाई और मन्दिर में दाखिल हो गया। घुसने से पहले उसकी नजर बिरिज परही पर पड़ी।

—कौन है ? कहीं तुम बिरिज परही तो नहीं ? मेरे जूते की निगरानी करो।

तुरन्त भइयासाहब बोल उठे—अपने जूते की निगरानी खुद कर तू। इतना सुनना था कि बिरिज की आँखों में अँधेरा छा गया।

—तू कौन है रे ?

—तू कौन है ? मैं यहाँ का स्कूल मास्टर हूँ।

—जबान सँभाल कर बात कर। तेरे जैसे मास्टरों को मैं सुबह-शाम नौकरी से निकालता हूँ।

—अपने गुलामखाने में तू ऐसा करता होगा। यहाँ नहीं।

—ये बात। अब आना कभी अपने गाँव बिरिज। देखना तेरे चमड़े से जूता बनाता हूँ या नहीं।

—कोशिश करके तो जरा देख।

गुस्से से तमतमाया देवकी मन्दिर में चला गया। बिरिज को रोना आ गया। मेरे अम्मा और बापू गाँव में हैं। मालिक अब मेरी नहीं तो उनकी चमड़ी जरूर उधेड़ेंगे।

—तीन दिन खोलेंगे, ज्यादा से ज्यादा। चौथे दिन उसकी चमड़ी उधेड़ी जाएगी।

—कैसे ?

—देखना चाहोगे ?

एक बार फिर इस 'डर' नाम के शब्द ने बिरिज को अपने नागपाश में लपेट लिया। मारे डर के वह नौकरी की तलाश में भागा।

तोहरी के दारोगा ने अचानक ही उस पर रहम किया और नागेसिया का लड़का बिरिज परही केवल बीस साल की उम्र में पुलिस कांस्टेबल बन गया। और ताज्जुब कि उसे अपने थाने से धूल और गर्द से ढकी एक पुलिस हैण्डबुक भी मिल गई। इससे पहलेवाले दारोगा के दिमाग में एक कीड़ा था, जिसके चलते वह अपने थाने में दस किलो पुलिस हैण्डबुक मँगवाकर थाने के कांस्टेबलों में बँटवाया था। बिरिज

के आने से पहले ही इस दारोगा का तबादला हो गया।

उस दारोगा ने खुद ही अपने विदाई समारोह का आयोजन किया था, जिसमें उसने अपनी ही तस्वीर को माला पहनाई और भाषण दिया।

—भाइयो! जिस तरह शिक्षा की नींव स्कूल सें बनती है उसी प्रकार किसी भी राष्ट्र की नींव, कांस्टेबल से बनती है। कितना सुन्दर शब्द है कांस्टेबल, 'कांस्टेबल'। एक अपूर्व शब्द है ! कौन है स्टेबल यानी स्थायी ? वह है कांस्टेबल। कुछ समझा बुड़बक लोग ?

—हाँ, हाँ जी।

कोई भी अक्लमन्द कांस्टेबल कभी भी प्रोमोशन नहीं चाहेगा। एहीं काम करते रहो और जमीन खरीदो, मकान बनाओ।...अपनी अकल से काम लो। समझा कुछ रे उल्लू का पट्ठो ?

—हाँ, हाँ जी।

—ये जो पुलिस हैण्डबुक है, यह किसी भी कांस्टेबल के लिए गीता है, रामायन है और यही उसका महाभारत है। इस किताब पर भरोसा करो जिन्दगी में कभी भी दुख तुम्हें छू तक नहीं पाएगा। इस किताब का नित्य भक्तिभाव से पाठ करो। इससे तुम्हें मन की शान्ति मिलेगी, मकान, रुपया, जमीन, जीवन में उत्साह, भैंसा, सम्मान, हल, जो चाहो वह सब मिलेगा। कुछ समझा रे ?

—हाँ, हाँ जी।

—बस। विदाई समारोह अब खतम। आज मैं तुम्हारे सर्कल इंस्पेक्टर के रूप में बदली होकर जा रहा हूँ। देखो मुझे तुम लोगों को छोड़कर जाते हुए रोना आ रहा है। मगर याद रहे, तुम्हारे सर्कल इंस्पेक्टर के रूप में मैं यहाँ का आए दिन दौरा करूँगा और तब तुम सबको जूते से मारूँगा, तुम सब लोगों को सस्पेंड कर दूँगा, सबसे फेटिंग ड्यूटी करवाऊँगा और कोड़े मारकर तुमसे हाकी खिलवाऊँगा। याद रहे, तोहरी थाना पुलिस टीम ने अगर हाकी मैच नहीं जीता तो मैं तुग सबको भरी दोपहरिया में अमावस दिखाऊँगा।

हालाँकि दारोगा साहब की ये आखिरी इच्छाएँ अधूरी ही रहीं। इसकी वजह थी झारी धोबाइन का लाल कम्बल। हुआ यह था कि एक बार सर्कल इंस्पेक्टर घोड़े पर चढ़कर कहीं जा रहे थे। उनके पीछे-पीछे झारी धोबाइन लाल कम्बल ओढ़े चला आ रहा था। सामने से पारस

महतो कांजी हाउस से अपने अड़ियल भैंसे को छुड़ाकर ला रहा था। पारस अपने भैंसे को गरिया रहा था और भैंसा भी अड़ा हुआ था। लाल कम्बल ओढ़े झारी धोबाइन को देखकर अचानक भैंसा आपे से बाहर हो गया और उसकी ओर दौड़ गया। भैंसे की इस हरकत से घोड़ा बिदक गया और दारोगा जी घोड़े की पीठ से जमीन पर आ गए। झारी तब तक अपना कम्बल वहीं फेंककर भाग खड़ा हुआ। भैंसे को सामने मिले जमीन पर गिरे दारोगाजी। जबतक लोगबाग आकर भैंसे से दारोगाजी को छुड़वाते, दारोगाजी अपने क्षत-विक्षत नश्वर शरीर को इहलोक में छोड़कर बैकुंठ सर्कल में तबादला ले चुके थे।

ये सभी आकस्मिक घटनाएँ बिरिज के नौकरी में लगने से पहले घटित हो चुकी थीं। इस घटना के थोड़े दिनों बाद तक गाँव के हाट में लाल कम्बल की बिक्री पर रोक लगा दी गई। यह रोक अड़ियल भैंसे के कांजी हाउस से छुड़वाने और धोबाइन युवतियों के बीड़ी पीते हुए इधर-उधर घुमने पर भी लागू की गई। इस बीच द्वारकानाथ अचानक एक दिन स्कूल से गायब हो गया। बिरिज ने गर्द लिपटी पुलिस हैण्डबुक को खोलते ही पाया कि, 'डरना' एक पुलिस कांस्टेबल के लिए एक दण्डनीय अपराध है। इस अपराध के लिए 'किसी पुलिस वाले की मजिस्ट्रेट की अदालत में पेशी हो सकती है और अपराध साबित हो जाने पर उस पर तीन महीने के वेतन के बराबर का जुर्माना या तीन महीने की सश्रम या साधारण कैद या दोनों हो सकती है।' बिरिज ने ऐसी हालत में सोचा कि हाँ, हाँ सही बात। डरने से काम नहीं चलेगा। आखिर वह अभी एक कांस्टेबल है। एकदम थाना पुलिस। दूसरे कांस्टेबल बिरिज को साथ लेकर खाना नहीं खाते। बिरिज उनके जात-पात को बचाते हुए अलग चौका लगाता है। दारोगाजी उसे बात-बात पर छोटी-मोटी सजा सुनाते रहे हैं।

—बिरिज परही ड्रिल करो। देर तक करो। घाँस-पत्ती, घाँस-पत्ती, घाँस !

—देर तक ड्रिल करो।

—बिरिज परही को फेटिंग ड्यूटी दो। जाओ ड्रिल परेड मैदान को तैयार करो।

—बिरिज इन लघुदण्डों के चलते काफी दुखी हो जाता है। परन्तु

वह लाचार है, क्योंकि, "लघुदण्डों के खिलाफ अपील नहीं की जा सकती है, और लघुदण्ड देने के लिए डिपार्टमेंटल प्रोसीडिंग की आवश्यकता नहीं होती।"

मैदान साफ करने से निकला घास दारोगा के घोड़े के लिए चला जाता है। घोड़े की देखभाल करनेवाला बिरिज की हालत को देखकर कहता है, चू् चू् बिरिज ! तू भी परही है और मैं भी परही हूँ।

—तू बड़ा भोला है रे, एकदम बुड़बक। अकल तो एकदम नहीं है। ले बिड़ी पी। थोड़ी देर आराम कर ले।

—भइया, ये फेटिंग ड्यूटी बार-बार मुझ पर ही क्यों लगाया जाता है ?

—चू् चू् बिरिज ! तुझे इतना भी नहीं मालूम ?

—नहीं।

—बिरिज घास काटता रहता है और घास के गट्ठर का हिसाब लगाता रहता है।

—तुम पर दारोगाजी काफी नाराज हैं। तुम द्वारकानाथ के छात्र न हो ! वही द्वारकानाथ, जिसने जगूखारा जाकर देवकीनन्दन के धरमारू लोगों को देवकीनन्दन के खिलाफ भड़काया कि वह लोग उसके लिए बेगारी न करें। बोलो क्यों ?

...धरमारू लोग न तो सेवकिया हैं और न ही कामिया, पर नागेसिया, घासी और परहइया लोग तो खेत मजूरी करते ही हैं। मालिक उनसे मारपीट करके जबरदस्ती बेगारी करवाता है। न उनको मजूरी मिलती है और न ही खुराकी। ऐसा तो होता ही आया है।

—हाँ हाँ, द्वारकानाथ ने इन लोगों को लामबन्द किया। उन्हीं के साथ रहा। थोड़े दिनों में केशव और प्रसाद भी वहाँ पहुँच गए। खी खी खी, मुझे सब मालूम है। और तब अमरीश और दिलीप, यानी देवकीनन्दन का लड़का और भतीजा ने आकर खूब जुलुमबाजी किया। खूब पीटा। उस समय डिप्टी कमीश्नर ने वहाँ कैम्प किया हुआ था। द्वारकानाथ इन लोगों को कमीश्नर साहब के कैम्प में ले गया और उन्हें सभी बातें बताईं।

—क्यों ?

—गदहा ! कमीश्नर साहब को देवकीनन्दन का सभी कच्चा

चिट्ठा ना मालूम पड़ गया !

—भइयासाहब कहाँ हैं ?

—का पता। देवकी तो बहुत खिसिया गया है। अब तू उसी द्वारकानाथ का छात्र ठहरा। उस पर थाना में तुझे छोड़कर सभी पुलिसवाला ऊँची जात का और तू अकेला नीची जात का। अब दारोगाजी काहे ना गुस्सा हों ?

बिरिज काफी डर गया पर अपने इस डर की बात को उसने गुप्त ही रखा। क्योंकि एक पुलिसवाले के लिए डरना एक दण्डनीय अपराध है।

अचानक जुड़वा लड़कों के बाप बन जाने से दारोगाजी का मिजाज अच्छा चल रहा है। इससे बिरिज को भी काफी आराम मिला है। होली के कुछ दिनों पहले भंगी टोले में आग लग गई। बिरिज ने दरोगाजी से पूछा—हजौर, बालटी लेकर जाऊँ क्या ?

—कहाँ ?

—जी भंगी टोले में। आग बुझाने।

—काहे रे गदहा ?

—आग बुझाना थाना डूटी न है ?

—थाना डूटी ?—दारोगाजी बिरिज की तरफ अजीब निगाहों से देखते रहे। कहा—बिरिज, तू तो दिन पर दिन मेरे लिए एक सिरदर्द बनता जा रहा है। अरे पुलिस हैण्डबुक में इस तरह की काफी बातें लिखी होती हैं। पुलिस पब्लिक का नौकर है। पर पब्लिक का न नौकर है, भंगी का नौकर थोड़ी न है ?

—हजौर इससे पुलिस का इज्जत भी बढ़ेगा।

—दुर बुड़बक, इ कोई अक्टूबर का महीना है का ?

—अक्टूबर का महीना ! ऊ का हजौर ?

—तू तो बिल्कुल ही बुड़बक है रे बिरिज। अरे तुझे कोई अच्छा काम करना है तो अक्टूबर में किया कर। क्योंकि नवम्बर का महीना में होता है इनेसपेक्सन। तब लोग तुम्हारे अच्छे काम की बात याद भी रखेंगे। फिर क्या है, 26 जनवरी को साहस और जनसेवा के लिए पुलिस मेडल एकदम पक्का। तुझको कौन अच्छा काम करने से रोकता है ? पर अक्टूबर तो आने दे। तब डकैत पकड़ो, आग बुझाओ, जितना

अच्छा काम करना हो करो।

—जी हजौर !

—बिरिज, मैंने सुना है कि होली में हाट से जो दाल आता है उसमें से तुमने अपना हिस्सा नहीं लिया है। क्या यह सच है ?

—हजौर, मिठाई तो खाया था। अब रुपिया कैसे लें। एही के मारे ना ली।

—समझा। तुम्हारे इसी रवैए के चलते आगे कभी आपस में फसाद करवाओगे। ऊँची जातिवाला हिस्सा खा रहा है। तुम कोई जुधिष्ठिर तो हो नहीं मेरे बाप। अब तुम जाओ। और हाँ, कुली धेवड़ा से फुलमतिया को भेज दो। जाकर उससे कहो कि मैंने बुलाया है। जाकर भंगी टोले में आगी का तमासा देख आओ। थोड़ी देर घूम-टहल कर, तब आना।

—जी हजौर।

फुलमतिया किसी कुली की बीवी है। तीन बच्चों की माँ है पर देह अब भी गठी हुई है। उसे इस वक्त बुलवा भेजने का मतलब बिरिज अच्छी तरह समझता है और उसे यह बात बहुत दुखी कर देती है। फुलमतिया थाने की ओर ही चली आ रही थी। उसका लाडला बीमार है, मन-मिजाज ठीक नहीं है। दारोगा को गाली बकते हुए उसने थाने की ओर अपने कदम बढ़ा लिए।

शर्म के मारे बिरिज भंगी टोले की ओर भाग खड़ा हुआ। टोला आग में धू-धू कर जल रहा था। भइयासाहब के हाथ से उसने बाल्टी ली और पानी लाने दौड़ा। आग बुझाने का काम जारी रखते हुए भइयासाहब ने उससे कहा—घासी के साथ वह लोग खाना खा रहे हैं ?

—नहीं। वो लोग काफी छुआछूत मानते हैं।

—फेटिंग ड्यूटी में ढकेला है ?

—बहुत ज्यादा।

—जानता हूँ। मौका लगे तो अपने गाँव घूम आना।

—तुम लौट आए हो ?

—कह सकते हो। परन्तु अब स्कूल में नहीं जाता।

—तब ?

—तोहरी में जिस दिन मैं पहुँचा उसी दिन यहाँ आग भी लग गई।

—यहाँ ठहरोगे अभी कुछ दिन ?

—नहीं मैं चला जाऊँगा। अब तुम भी जाओ। आग तो लगभग बुझ ही चुकी है।

बिरिज लौट आया। थोड़ी देर उस आग बुझाने में लगकर उसका मन अब काफी शान्त है।

दूसरे दिन दारोगा ने बिरिज को आगाह करते हुए कहा कि द्वारकानाथ एक सन्देहास्पद चरित्र का व्यक्ति है। उसके साथ बातचीत करने से बिरिज को चार्जशीट मिल सकती है। ऊपर से भंगी टोले में उसने आग बुझाने के लिए जाकर काफी बुरा किया है। अगर उसने अपने आपको नहीं सँभाला तो आनेवाले दिनों में उसे काफी परेशानी का सामना करना पड़ सकता है।

—जी हजौर।

इस घटना के कुछ दिनों बाद 'देशकाल' अखबार के स्थानीय संवाददाता प्रसाद महतो ने अखबार में भंगी टोले में कांस्टेबल बिरिज परही के आग बुझाने के प्रयास की तारीफ करते हुए रपट छापी।

दारोगा इससे नाराज नहीं हुआ। उसका कहना था कि एक हरिजन अगर दूसरे हरिजन की मदद करना चाहे तो करे। चलो, इससे तोहरी थाने का नाम तो अखबार में छपा ? मेरे उत्साहवर्धन से ही न मेरे कांस्टेबल ने पब्लिक डूटी किया ?

—जी हजौर।

उस दिन आग की तेज लपटों की रोशनी में बिरिज के साथ भइयासाहब की वह आखिरी मुलाकात थी। उस तेज रोशनी में सभी कुछ स्पष्ट दिख रहा था। उनके माथे के कटे का निशान भी। उसके बाद भइयासाहब लापता हो गए।

बिरिज अपने गाँव लौट गया। जगूखारा।

ये सन् 1974 की बात थी।

अब इतने दिनों बाद, 1977 के एक तेज बारिश भरे दिन में बलबीर प्रसाद उर्फ अवाढ़ू और असल में द्वारकानाथ भइयासाहब उसका कैदी है। बिरिज परही थाना कांस्टेबल उनका एस्कार्ट। एक कैदी के लिए एक एस्कार्ट काफी है। बकौल पुलिस हैण्डबुक।

रवाना होते समय बिरिज के साथ इस एस्कार्ट में दो कांस्टेबल

और थे। आज ऑपरेशन बलबीर प्रसाद को शुरू हुए करीब छह महीने हो गए हैं। कुम्बींग। पिछले छह महीनों में बिरिज ने जो सीखा है, इतना वह अपनी पूरी नौकरी में नहीं सीखा है।

सन् 1974 के मार्च के महीने में तोहरी के भंगी टोले में लगी आग की लपटों की रोशनी में उसने भइयासाहब की आखिरी झलक देखी थी। उसके बाद से ही भइयासाहब लापता हैं। प्रसादजी और केशवजी का भी कोई अता-पता नहीं है। बिरिज जब अपने गाँव जगूखारा गया तब उसे इस आश्चर्यजनक घटना के बारे में पता लगा कि भइयासाहब उसके गाँव जगूखारा में आए थे। उनके साथ दो आदमी और थे। वे लोग उस समय आए जब देवकीनन्दन पटना गया हुआ था।

देवकीनन्दन के पास कितने भूमिदास हैं, कितने कामिया हैं और कितने सेवकिया, इन सभी जानकारियों को वे लोग गाँव भर में घूम-घूमकर इकट्ठा करते और नोट कर लेते। अमरीश और दिलीप उस समय डाल्टनगंज गए हुए थे। भइयासाहब को देवकी, अमरीश और दिलीप के अलावा कोई वहाँ पर पहचानता नहीं था।

एक बार यही भइयासाहब जब भगवान बनकर बैठे तो कितना मजा आया था। उन बातों को सोचकर बिरिज को हँसी भी आती है और रोना भी आता है। उसका मन होता है कि वह भइयासाहब के साथ रहे।

हाँ हाँ, वह एक कांस्टेबल है। वह ऊँची जातवाले अपने कांस्टेबल भाई बिरादर लोगों से सँभलकर रहता है। छुआछूत बचाकर चलता है। काहे न करे ऐसा ? बिरिज घासी ना है ! कांस्टेबल है तो क्या हुआ। दूसरे कांस्टेबल जैसा उसके भी कमर में पिस्तौल है। वह भी सरकार या पब्लिक का नौकर है। जीव विज्ञान की किताब से इसे यह भी मालूम है कि हेड कांस्टेबल चतुर्वेदीजी और बिरिज परही के शरीर में हड्डियों की संख्या एक ही है। दोनों के शरीर में समान संख्या में शिराएँ और तन्त्रिकाएँ हैं, दोनों के शरीर में दौड़नेवाला खून एक ही नियम से चालित है। फिर भी बिरिज ने उनकी आँखों में अपने लिए घृणा ही देखी है। जात का वह घासी ना है !

घासी के लड़के बिरिज को भइयासाहब की बहुत याद आती है। कैसे न होय सुमिरन ? गाँव में वह एक घासी है, वह एक कामिया का

लड़का है। उसके दादाजी को देवकी के बाप से दस सेर गेहूँ उधारी लेते समय कामिया बनना पड़ा था। इसके बाद तीस वर्षों तक अपने मालिक के खेतों में उसने काम किया, पर इससे भी उधार का चुकता नहीं हुआ। देवकी ने, बिरिज के बापू से कहा कि अभी भी उस पर कुल अट्ठारह सौ इक्तीस रुपए का उधार बाकी है।

जमीन और भैंसे लेकर कुल दो सौ रुपए चुकाए गए। बापू कामिया बन गया। माँ न खुद कामिया बनी और न ही उसने बिरिज को ही बनने दिया। बिरिज ने देवकी के तहसीलदार से पूरा हिसाब पता कर लिया है। हिसाब बताता है कि अभी कुल ग्यारह सौ रुपए का उधार बाकी है। अब इस पैसे को बिरिज के तनख्वाह से चुकाया जा रहा है। अब पूरा हिसाब एकदम पक्का है। उधारी को चुकता करने के बाद कहीं दूसरी जगह पर बिरिज जमीन खरीद लेगा।

भइयासाहब जब जगूखारा गाँव में गए तो उन्होंने देवकी के मुनीम को कहा कि वह लोग अखबार के आदमी हैं। हम लोग एक खुशखबरी लाए हैं। अपने लोक सेवा के चलते देवकी जी का नाम दिल्ली तक पहुँच गया है। सुना यह जा रहा है कि उन्हें किसी देश में भारत के राजदूत के रूप में भेजे जाने की तैयारी चल रही है। हम लोग देवकीजी के बारे में जानकारी चाहते हैं। उनके काम-काज, उनकी जमीन-जायदाद, सब चीज़ों की जानकारी हम पाठकों को जताना चाहते हैं।

—हाँ हाँ, क्यों नहीं ?

—बिहार राज्य लाख (चपड़ा) सहकारी फेडरेशन के तो वह एक बड़े अधिकारी हैं।

—अधिकारी ! अरे वही फेडरेशन है भाई।

—कैसे ?

सीधी सी बात है। भारत के कुल लाख उत्पादन का तीस फीसदी का उत्पादन इस पलामू जिला में होता है। देवकीजी का अपना निजी लाख का कारोबार है। सरकार ने कहा कि आइन्दे सरकार का अपना आदमी हरिजन और आदिवासी लोगों से लाख की सीधी खरीद करेगा। देवकीजी ने सरकारी एजेंट को ही अपना एजेंट बना लिया। बस, बाकी का काम तो आसान है। एजेंट, आदिवासियों और हरिजन लाख

उत्पादकों के पास गया जरूर पर सरकारी नहीं बल्कि देवकीजी के एजेंट के रूप में। इस एजेंट ने औने-पौने भाव से पूरा उत्पादन खरीद लिया। यह लाख देवकीजी ने फिर सरकार को बेच दिया। पूछो कैसे ? भई सीधी सी बात है, फेडरेशन की ओर से पूरा लाख, देवकीजी ने सरकार द्वारा निर्धारित मूल्य पर खरीद लिया।

—भई वाह ! मानना पड़ेगा, देवकीजी की अक्ल को। क्या सिंचाई विभाग में भी देवकीजी का कोई परिचित है ?

—कौन नहीं है ? दरअसल वही सिंचाई विभाग में भी हैं। उनके एक दामाद सिंचाई विभाग में बड़े अफसर हैं, और उनके परिवार के लगभग सभी लोग सिंचाई विभाग के ठेकेदार हैं।

—शिक्षा विभाग ?

—अरे वही तो शिक्षक यूनियन को कंट्रोल करते हैं। इसके अलावा 'कीर्तिप्रभा' नाम से एक साप्ताहिक अखबार भी निकालते हैं। सब काम वह खुद करते हैं।

—जमीन-जायदाद के बारे में कुछ जानकारी देंगे ?

—वह मैं नहीं बता सकता।

—क्यों ?

—क्योंकि मैं केवल भूदान की ज़मीनों को देखता हूँ।

—क्या भूदान में भी उन्हें जमीन मिली है ?

—अरे नहीं भाई। भूदान की जमीन तो मिली थी हरिजन और आदिवासियों को। अब उनके पास हल, बैल, बीज, खाद तो है नहीं। उनके हाथ में अगर जमीन रह जाती तो सत्यानाश समझो। देवकीजी ने इन सारी जमीनों को ले लिया। उनको खोद्कर और रैयती जमीनों को भी ले लिया। अब भूदान, खोद्कर और रैयती मिलाकर यही कोई दो हजार एकड़ जमीनों का हिसाब-किताब मैं देखता हूँ। इसके अलावा-गाँव में कचहरियाँ हैं। पूरे पचहत्तर गाँव हैं। कोई साधारण बात है क्या ?

—सुना है कामिया लोगों की संख्या देवकीजी से महला सिंह के पास ज्यादा है। का कहते हैं ?

—पूरे बारह सौ कामिया हैं देवकीजी के पास, पूरे पलामू जिले में इतने कामिया और किसी के पास नहीं हैं। इतनी बेगारी काम और

कोई नहीं करवाता।

—क्या बात है ! अच्छा, अब आप उसकी व्यवस्था भी कर दीजिए।

—किसकी ?

—अरे वही, जिन बेगारी करनेवाले और कामिया लोगों की आप बात कर रहे थे उन लोगों से थोड़ी बात कर लूँ। अब अखबार के आदमी हैं तो हमको बड़ी बारीक जाँच-पड़ताल करनी पड़ती है।

—आप का बात करेंगे उनसे। सब साला एकदम जनावर है।

—बस यूँ ही, थोड़ी बातचीत करनी है। हाँ एक बात और है, इस खुशी की खबर को देवकीजी के अखबार में भी छपवा दीजिए। यह खबर तो बाकी दूसरे अखबारों में भी छपेगी।

—हाँ हाँ जरूर। यह भी कोई कहने की बात है।

और इस तरह चालाकी से भइयासाहब ने देवकी के बारे में पूरा कच्चा चिट्ठा हाल पता कर लिया। इस पूरी खबर को सुनने के बाद बिरिज को जितनी हँसी आई, उतना ही रोना भी आया। भइयासाहब के साहस की दाद देनी पड़ेगी। और केवल साहस ही क्यों, भइयासाहब जैसी अक्ल भी विरलों के पास है। मूरख मुनीम को घिस्सा दिया और साथ ही साथ जिले के सभी प्रमुख दैनिकों में तार भेज दिया। पैसे भी तो खर्च हुए होंगे ?

खबर हर जगह छप गई। बप्पा रे बप्पा। देवकीनन्दन के गुंडे पलामू में कहाँ नहीं हैं ? देसी दारू की भट्टी से लेकर जंगल के जंगल काटकर बेचना, देवकीनन्दन सभी गैरकानूनी धन्धे में लिप्त है। अब इसी देवकी के बारे में इस तरह की खबर को कोई छपने से रोके भी तो कैसे ?

केवल एक टेढ़े कमिश्नर ने पूरी खबर को शक की निगाहों से देखा, देवकीनन्दन और राष्ट्रदूत ! कैसे ? अरे देवकी मिसिर का न कल्चर है न है एजूकेशन। उस गँवार को कौन राष्ट्रदूत बनाएगा ? मुझे तो लगता है कि खबर सही नहीं है।

उस समय पटना में देवकीनन्दन पार्टी दे रहे थे। लोगों के खान-पान, सम्मान में व्यस्त थे। खबर सुनकर गुस्से में लाल होकर बोले, हम चाहें तो क्या नहीं कर सकते हैं ? अब पिछला चुनाव में खुद ब

खुद हारे थे कि नहीं। इसके बाद म्यूनीसिपल टाउन को नोटीफाइड एरिया के रूप में रिकार्ड करवाया और फिर वहाँ से चुनाव लड़कर विधानसभा में गया। बोलो, गया था कि नहीं ? हमसे पंगा लेकर कोई हाकिम-हुक्काम टिक नहीं पाएगा। डिप्टी कमिश्नर को हटना ही होगा। मैं 'पलामू रत्न हूँ' और मेरे जन्मदिन पर पलामू में छुट्टी घोषित होगी, यह मेरे जीते जी होगा।

—कहाँ भेजा जा रहा है आपको राष्ट्रदूत बनाकर ?

—हम का जानें ?

—पता काहे नहीं कर लेते हैं ?

—हाँ हाँ, क्यों नहीं ?

मन्त्रियों में भी घबराहट है। एक साथ इतने अखबारों में यह खबर छपी है और पलामू-बिहार से कोई अगर राष्ट्रदूत बन जाए, यह तो अच्छा ही है। पर देवकी ? लम्पट देवकी, एक नम्बर का बदमाश और ताकत के नशे में चूर देवकी, कामिया बेगार मजदूरों का शोषक देवकी पलामू को काबू में रखने के लिए ठीक है। परन्तु देवकी के लिए अंग्रेजी तो एकदम काला अक्षर भैंस बराबर है। कान में जनेऊ लपेटकर मूतता है। किसी मीटिंग जलसे में जाता है तो जहाँ बैठता है, उसी फर्श पर थूकता है। ऐसा आदमी भला राजदूत कैसे बनेगा ?

देवकी के चमचों ने कहा, इसमें हर्ज ही क्या है ? विलाती नक्शे का आदमी कैसे भारत का राजदूत बनाया जा सकता है ? मिसिरजी खांटी भारतीय आर्य हैं। उनकी देह का रंग कितना गोरा है !

दिल्ली में टेलीग्राम पहुँच गया। इधर राँची से किसी हरामखोर ने बम्बई से प्रकाशित किसी लोकप्रिय साप्ताहिक में बेनामी में न केवल, देवकी के जमीन जायदाद, उसके लाख के धन्धे, उसके बेगार-कामिया लोगों के बारे में सारा कच्चा चिट्ठा छपवा दिया, बल्कि उसने यह भी लिखा कि राजदूत बनने के लिए स्थानीय प्रेस से अपने आत्मविज्ञापन के रूप में मदद भी ले रहा है। एक ओर दिल्ली से खिसियाया हुआ नकारात्मक जवाब, ऊपर से अखबारों में छपे लेखों ने हलचल मचा दी। देवकी, लौट के बुद्धू घर को आए की तर्ज पर गाँव लौट आया और सबसे पहले उसने अपने मुनीम की चमड़ी उधेड़ी।

एक ओर अखबारों में देवकीनन्दन के कारनामों की सुर्खियाँ छपीं,

वहीं दूसरी ओर जगूखारा में डिप्टी कमिश्नर आ धमके। डिप्टी कमिश्नर अर्से से देवकीनन्दन को सबक सिखाना चाहते थे, हालाँकि उन्हें यह भी मालूम था कि यह काम उनके अकेले के बस की बात नहीं है। क्योंकि पलामू जिले में देवकीनन्दन जैसे लोगों को सबक नहीं सिखाया जा सकता। डिप्टी कमिश्नर साहब भी जात के ब्राह्मण ही नहीं बल्कि एक बड़ी जमीन के मालिक भी थे। पलामू उनका भी गृहक्षेत्र था।

नौकरी के अपने पहले ही दिन से डिप्टी कमिश्नर साहब कभी इस गाँव तो कभी उस गाँव में छावनी डालकर जम जाते हैं। लोगों के दुख-दर्द को सुनना और लोगों को इससे निजात दिलाना, यही उनका प्रमुख काम रहा है। देवकीनन्दन एक लम्बे समय से डिप्टी कमिश्नर साहब के निशाने पर था। देवकी का पूरे पलामू जिले के लाख उद्योग पर नियन्त्रण है। लाख के उत्पादन में अचानक यह कमी क्यों आई ? पिछले साल लाख का उत्पादन जहाँ नौ लाख टन था, आज वहीं इसका उत्पादन घटकर महज पन्द्रह हजार टन ही रह गया है। गिरावट की वजह का पता लगाना भी कमिश्नर साहब के इस बार जगूखार आने की एक मूल वजह है। थोड़ा-बहुत अन्दाज तो उनको हुआ ही है, पर वह बात के एकदम तह तक जाना चाहते हैं। सरकार कामिया और दास प्रथा को खत्म करना चाहती है। इसके लिए भी कमिश्नर साहब को गाँव-गाँव में जाकर कामिया और बेगारी करनेवाले लोगों के बारे में जानकारियाँ इकट्ठी करनी हैं। देवकीनन्दन के कानों तक जब यह खबर पहुँची तो उसने गुर्राकर कहा, जगूखारा का नाम क्यों घसीटा जा रहा है ? मानो जगूखारा के अलावा कामिया और बेगारी की प्रथा कहीं पर है ही नहीं ?

—अखबारों में जगूखारा और उसके आसपास के दस गाँवों में कामिया और बेगारी करनेवाले लोगों की विस्तृत जानकारियाँ छप चुकी हैं। ऐसे में कामिया और बेगारी प्रथा को हटाने के सरकारी प्रयास शुरू करने के लिए जगूखारा ही सबसे उपयुक्त है। मुझे समझ में यह नहीं आ रहा है कि आपको इसमें क्या परेशानी है ? कोई नहीं आएगा, आपके सामने।

—वह तो वक्त ही बताएगा।

—आप मुझे बस एक बार बताइए कि किसने आपके कान भरे

हैं? जरूर यह किसी नीची जात का काम है। है कि नहीं ?

इस पर डिप्टी कमिश्नर भड़क गए—ज्यादा जात की गर्मी मत दिखाइए, मैं भी द्विवेदी ब्राह्मण हूँ। आई ए एस अफसर भी हूँ और अपने काम-काज के दौरान जातपात को मैं ताक में रख देने का आदी हूँ। मेरे कान कोई क्यों भरने लगा ? अखबारों में छपी खबरों से आपके कारनामों के चर्चे आज दिल्ली तक फैल चुके हैं। आपकी जानकारी के लिए बता दूँ कि एक स्टडी टीम भी आ रही है।

—क्यों ?

—सरकार कामिऔती प्रथा को खत्म करना चाहती है। इसके लिए अच्छी तरह जाँच-पड़ताल की जाएगी। समझे आप ? मुझे ऊपर से आदेश मिला है कि इस स्टडी टीम को कामिया बेगारी के बारे में सभी किस्म की जानकारियाँ उपलब्ध हों।

—पहले की सरकारों ने भी कामिया, बेगारी प्रथा को खत्म करने की कोशिश की थी। यह सरकार भी करेगी। मुझे इससे क्या परेशानी होगी ? एक जमाने में फादर बमफूलर ने भी गाँव-गाँव की खाक छानी, इतना कुछ कामिया, बेगारी पर लिखा पर फायदा क्या हुआ ? वैसे आप अपने आपको ब्राह्मण भले ही कह लें पर माफ कीजिए आपको ब्राह्मण कहना उचित नहीं, क्योंकि आपको न ही ब्राह्मणों के आचार-व्यवहार का पता है और ऊपर से आप जाने क्या-क्या खाते फिरते हैं।

—मेरे बारे में आपके मन में जो भी आए आप कह सकते हैं।

—तो सुनिए, मेरा नाम देवकीनन्दन है और मैं न केवल आपको अभी यह कह रहा हूँ बल्कि मैंने अपने साप्ताहिक 'कीर्तिप्रभा' में भी लिखा है कि कामिऔती प्रथा का उन्मूलन अपने आप में देवताओं का अपमान है। कामिऔती प्रथा को देवताओं का आशीर्वाद प्राप्त है।

—अपने 'कीर्तिप्रभा' में तो आपने यह भी लिखा था कि आपको किसी दूसरे देश में भारत का राजदूत बनाकर भेजा जा रहा है। अपने 'कीर्तिप्रभा' को अपने पास ही रखिए। 'कीर्तिप्रभा' में जो लिखा जाता है उस पर यकीन करना तो दूर आज आप खुद 'कीर्तिप्रभा' में छपी खबर के लिए हँसी के पात्र बन गए हैं।

एक ठंडी आह भरकर देवकीनन्दन ने कहा—जो हँसते हैं उन्हें हँसने दीजिए। मैं कौन होता हूँ, उन्हें रोकनेवाला। कहा भी गया है,

दुराचारी दस दिन हँसता है और साधु पुरुष एक दिन। मैं भी एक दिन हँसूँगा। जल्द ही वह दिन आनेवाला है।

—अब आप जा सकते हैं।

देवकी का समय अच्छा नहीं जा रहा है। समय के आगे भला किसकी चली है। वक्त पड़ने पर गधे को भी बाप बनाना पड़ता है। लाख के उत्पादन में आई कमी के लिए जाँच आयोग बनाया जा रहा है। जाने उसकी रिपोर्ट में क्या निकले ?

देवकी ने कहा—काहे आप नाहक तकलीफ उठा रहे हैं ? अब आप यहाँ आए हैं तो मुझे भी थोड़ा सेवा करने का मौका दीजिए। मैं आपके लिए खस्सी बकरा, चावल, घी और विलाइती दारू भेज देता हूँ। खाइए, पीजिए और मौज करके जाइए। आप भी ख्वामख्वाह क्यों इन गन्दगियों में हाथ डाल रहे हैं ?

—यानी आप मुझे घूस देने की कोशिश कर रहे हैं ? मैं ठीक अभी आपको भारतीय दण्ड विधान की धारा एक सौ पैंसठ (क) के तहत गिरफ्तार करवा सकता हूँ। आपने क्या सभी को अपना नौकर-चाकर समझ रखा है ?

इसके बाद अपमान से लाल हो गए अपने चेहरे को लेकर देवकी के लिए वहाँ पर रुकना मुश्किल था। उसके चले जाने पर सर्कल इंस्पेक्टर ने अपने सूखे होठों पर जीभ फेरते हुए कहा कि ये देवकी बहुत ही खतरनाक आदमी है साब, अब तो वह अपने कामिया, बेगारी करनेवालों को तड़पा-तड़पाकर मारेगा। उसके इलाके में तो पुलिस का भी कोई बस नहीं चलता है।

—इसके लिए भी आप ही जिम्मेदार हैं। उससे आप खस्सी बकरा, चावल और घी लेते हैं और बदले में वह अपने इलाके में अपनी मनमर्जी चलाता है।

—जी, कोई दूसरा इलाका होता तो बात और थी। देवकी के इलाके में पुलिस का घुसना मना है। उसके एक कामिया का लड़का, हाल ही में कांस्टेबल बना है। उसका भी गाँव में वर्दी पहनकर जाना मना है। इस लड़के पर देवकी का भतीजा दलीप भी काफी नाराज है क्योंकि ये लड़का अब अपने बाप-दादा के कर्जे को लिखा-पढ़ी करके धीरे-धीरे वापस कर रहा है। दलीप ने तो ऐलान ही कर दिया है कि

देवकी के इलाके में किसी आदिवासी और अछूत के बच्चों को किसी भी पाठशाला में दाखिला नहीं मिलेगा।

—इतना अत्याचार हो रहा है ?

—कैसे न होय साहब ? पलामू जिला में ऐसा कुछ भी नहीं है जहाँ देवकी का हाथ न हो। मैंने सुना है कि देवकी के बारे में अखबारों में लिखा गया है। पर अखबार में रिपोर्टिंग एक बात है और कोई शिकायत करे, वह दूसरी चीज है। शिकायत कौन करेगा ? सभी इससे यमराज की तरह डरते हैं।

—मैं आपको लोगों के नामों की सूची दूँगा। आप उन लोगों को मेरे पास ले आना।

—आप अपने साथ सूची भी ले आए हैं, साहब ?

—हाँ हाँ, क्यों नहीं ?

—सर्कल इंस्पेक्टर को काटो तो खून नहीं। थाने में खबर आई थी कि तोहरा के तीन खलीफा, द्वारकानाथ, केशव और प्रसाद जगूखारा गए थे। इन्हीं लोगों ने देवकी के मुनीम को मूर्ख बनाकर देवकी के कारनामों के कच्चे चिट्ठे के बारे में पूरी जानकारी हासिल की थी। इन्हीं लोगों ने बाद में जुगाड़ भिड़ाकर राँची के अनिल श्रीवास्तव से मुलाकात की। परिणामस्वरूप बम्बई के किसी अखबार में ए.एस.ए. का लेख प्रकाशित हुआ। यह सब तो ठीक है, पर डिप्टी कमिश्नर को सूची कहाँ से मिली ?

एक के बाद एक धरमारू लोग आते गए। रोहिया पारहाईया की बुढ़िया भी आई। सूखकर काँटा हो चुकी इस बुढ़िया ने कहा था कि इन लोगों में अपनी बात रखने की हिम्मत नहीं है, मैं इनकी ओर से शिकायत लिखवाऊँगी।

उसके बाद शिकायतों और देवकीनन्दन के अत्याचारों को कहते-कहते उसका गला रुँध गया था। शब्द थे कि आँखों से आँसुओं के रूप में निकल आते थे। मानो सदियों से बाँध दी गई नदी, अचानक ही सब कुछ तोड़कर बह निकली हो और अपने इस प्रचण्ड वेग ने उसके कदम लड़खड़ा दिए हों। शब्द अटक जाते। क्या-क्या कहे। किस जुल्म की बात को पहले कहे। अपनी लड़खड़ाते जुबान में उसने कहा था कि कामिया लोग मालिक के दिन-रात के गुलाम हैं। मालिक उनसे दिन-रात

की गुलामी करवाता है और उनकी बहू-बेटियों की इज्जत के साथ खेलता है। हम लोग जंगल बूढ़ी ताल्लुके की प्रजा हैं। हम पर उसका कोई हक नहीं बनता फिर भी हमको अपने लठैतों से पिटवाकर हमारी फसलों को छीन लेता है। हम को अपनी जमीन में बेगारी करने पर मजबूर करता है, बहू-बहन-बेटियों की इज्जत के साथ खेलता है ?

—क्या कहा तुमने ? जरा फिर से कहो ?

—का कहें सरकार ? हमारे बेटी-बहू की कोई इज्जत नहीं। हमनी हैं मुरगी का चेंगना, मुर्गियों की तरह हमको वह पकड़ता है और मार डालता है। तुम हमको न्याय दिलाओ हाकिम। ये सभी ऊँची जातवाले, जिनकी हमारा चेहरा भर देखने से जात जाती है, अपने कमरे की बत्ती बुझाकर हमारी इज्जत लूटते हैं हाकिम। बेगारी देने से मना करो तो फसल लूट लेंगे, घर जला देंगे और इज्जत लूटेंगे। हमनी हैं मुरगी का चेंगना हाकिम, जब मन चाहा हम पर लाठी चलवाई, जब मन किया गोली चला दी।

—जिस-जिसके साथ यह अन्याय हुआ है, वह अपना-अपना नाम बोलो।

—हाकिम, तुम तो हाकिम ठहरे। तुम्हीं हमको न्याय दिलवा सकते हो। इनमें किसी में अपनी बात रखने की हिम्मत नहीं है। मेरा न आगे अधार न पीछे पगहा। मुझे किसी का डर नहीं है। मैं तुमको बोलती हूँ नाम, तुम लिखो।

शिकायतें दर्ज की जाने लगीं। हमनी हैं मुर्गी का चेंगना। बड़ी भयानक हैं इस तरह की बातें। सर्कल इंस्पेक्टर की समझ में यह नहीं आ रहा था कि हजौर इससे इतने परेशान, इतने विचलित क्यों हो गए हैं। ऐसा तो होता ही आया है। हजौर को गाँव के रीति-रिवाजों के बारे में कुछ पता नहीं है, शायद इसीलिए वह इन सब बातों से परेशान दिख रहे हैं। सर्कल इंस्पेक्टर ने मन ही मन में सोचा कि अच्छा है हजौर को यह नहीं मालूम, कि जो मालिक महाजन अपनी प्रजा की बहू-बेटियों की इज्जत नहीं लूटता उसे 'नपुंसक' माना जाता है, वर्ना हजौर तो शायद इस बात को सुनकर बेहोश ही हो जाते।

हजौर ने सर्कल इंस्पेक्टर को कहा कि, यह लोग सरकार के खास जमीन की प्रजा हैं। इनका ताल्लुक जंगल बूढ़ी है। इन पर अगर

देवकीनन्दन किसी भी प्रकार की ज्यादती करते हैं तो ये लोग थाने में शिकायत दर्ज करवाएँगे और थाना इनकी मदद करेगा। इन्हें थाने से मदद मिलेगी।

—थाना इनकी मदद करेगा !

—काहे न ?

इसके कई परिणाम सामने आए। धरमारू लोगों में ज्यादातर लोग लाख इकट्ठा करने के काम से जुड़े हुए थे। उन्होंने कहा कि एक ही आदमी सरकार का एजेंट भी है और देवकीनन्दन का एजेंट भी है। ओही तो मुश्किल है हजौर। मोतालेफ और मुनाहिर हमसे लाख खरीदने आए और जबरदस्ती हमसे तीन आना प्रति किलो की दर से पूरा लाख खरीद लिया। हमें अपना मेहनत का पैसा भी नहीं मिला। इसी के मारे हमने लाख इकट्ठा करना छोड़ दिया।

—तुमको सरकारी रेट नहीं मिलता ?

—कहाँ हजौर ? ए गनौदी, तू बोल न, तुझे कभी लाख का सरकारी रेट मिला ? ना ना हजौर, कभी नहीं।

डिप्टी कमिश्नर के सामने अब धीरे-धीरे बात साफ हो रही थी। लाख किसानों को बदमाश व्यापारियों के हाथों ठगे जाने से बचाने के लिए सरकार के लाख किसानों से सीधी खरीद के प्रयास का फायदा लाख किसानों को नहीं मिल रहा है, क्योंकि व्यवस्था आज देवकी जैसे लोगों द्वारा नियन्त्रित है। देवकी इन किसानों से तीन आने प्रति किलो की दर से लाख खरीदता है और हिसाब में दिखाएगा कि उसने तीन रुपए प्रति किलो की दर से लाख खरीदा। इससे लाख किसानों की भूमिका, महज लाख के संग्राहक तक ही सीमित रह जाती है। राज्य सरकार द्वारा निर्धारित लाख का खरीद मूल्य दरअसल किसानों को न मिलकर देवकी को मिलता है। बिहार राज्य का पलामू जिला, भारत के कुल लाख उत्पादन का तीस फीसदी लाख मुहैया करवाता है। दूसरे शब्दों में, देवकी पूरे भारत के कुल लाख उत्पादन का तीस फीसदी लाख का उत्पादन करता है या उसके उत्पादन पर नियन्त्रण रखता है। बात एकदम सीधी भी है और साथ ही साथ पेचीदा भी। न केवल लाख उत्पादन पर बल्कि उसके मुनाफे पर भी दरअसल देवकी का ही अधिकार है। इस शुद्ध मुनाफे के व्यवसाय के लिए देवकी को पूँजी भी

लगाने की जरूरत नहीं पड़ती। जंगल में पलाश और कुसुम के वृक्षों में फूल लगने के ठीक बाद लाख के कीड़े इन वृक्षों की टहनियों में अपना घर बनाते हैं। इन कीड़ों के शरीर से निकलनेवाला रस सूखकर लाख बनता है।

लाख संग्रह करने के चार मौसम हैं। बैशाखी, जेठुरा, कातकी और कुसुमी। पलाश का लाख कीट सबसे ज्यादा लाख का उत्पादन करता है, जबकि कुसुमी के वृक्ष से सबसे अच्छे किस्म का लाख मिलता है। भारत में विश्व के कुल लाख उत्पादन का पचहत्तर फीसदी लाख का उत्पादन होता है। लाख का परिशोधन पलामू के ही कारखानों और छोटी-छोटी भट्ठियों में होता है। हजारों की तादाद में वैशाख के महीनों में हरिजन और आदिवासी मजदूर इन कारखानों और भट्ठियों में काम करते हैं। कितनी मजदूरी मिलती है ? हमनी हैं मुर्गी का चेंगना। इस तरह गुमनाम रहे उराँव—घासी—नगेसिया—मुण्डा—चमारों द्वारा बूँद-बूँद इकट्ठे किए गए लाख से बाटनू लैफ, शेलैक और सीडलैक बनता है। निर्यात किया जाता है अमरीका, इग्लैण्ड, रूस, जर्मनी और जाने कहाँ-कहाँ। इस लाख के निर्यात से भारत को तीन करोड़ रुपए से भी अधिक विदेशी मुद्रा प्राप्त होती है। रोहिया कहता है, हमनी हैं मुर्गी का चेंगना, और लाख की बूँदें बन जाती हैं स्टिकलैक, डोगाली, मोलाम्मा, किरीलैक, पास्वालैक और गासेटलैक। बड़े-बड़े पीपों में, बोरों में पैक लाख जहाजों से विदेशों को निर्यात किया जा रहा है। उत्पादक के हिस्से—महज तीन आने।

डिप्टी कमिश्नर के सामने अब पूरी बात दिन के उजाले की तरह साफ थी कि पलाश और कुसुम के वृक्षों में हरियाली अब इस तरह ज्यादा दिन नहीं टिकेगी क्योंकि देवकी जैसे लोग अपने शोषण और अत्याचार के जहर से पलाश और कुसुम के फूलों को ही खत्म करने पर लगे हैं...

—अब लाख तुम लोग इकट्ठा कर रहे हो ?

—नहीं। हमने लाख इकट्ठा करना छोड़ दिया है।

—अगर तुम लोगों ने यह काम छोड़ दिया है, तो आजकल यह काम कौन लोग कर रहे हैं ?

देवकी अब अपने कामिया लोगों से यह काम करवा रहा है। हम

लोगों द्वारा इस काम को करने से मना करने के चलते देवकी हम पर बुरी तरह नाराज है। उसका कहना है कि मैंने तुम लोगों की अब तक केवल भूदान, खोदूकारी, रैयती और अधिभोक्ता जमीनों को ही लिया था, अब मैं तुम लोगों की खास जमीनों को भी छीन लूँगा। हजौर, भला वह कैसे हमारी खास जमीनों को हमसे छीन सकता है ? क्या देवकी के ऊपर कोई सरकार नहीं है ?

इस पूरी घटना का परिणाम अच्छा नहीं हुआ। डिप्टी कमिश्नर को जल्द ही उसके तबादले के आदेश मिल गए। देवकीनन्दन को भी हवा में खतरे की महक महसूस हुई। अपने धरमारू लोगों को उसने धमकाया कि जल्द ही वह दिन आ रहा है जब देवकी इन लोगों से अपने पाई-पाई का हिसाब लेगा। इधर एक बार जब बिरिज अपने गाँव पहुँचा तब उसके गाँववालों ने उसको घेर लिया। का बिरिज पारही ! घासी जात का ई पुलिसवाला न हो गया है ? अब तू हम लोगों को इस जोर-जुलूम से बचाता क्यों नहीं है रे ? तेरे पुलिस में होने का क्या हमें कोई फायदा नहीं होगा ?

—क्यों नहीं, मैं अपनी ओर से पूरी कोशिश करूँगा।

बिरिज की माँ कहती है, कम से कम ई घासी पारहइया लोगों के कमिऔती का हिसाब ही देख दे। इससे भी उनका काफी उपकार होगा।

—जिसको अपना हिसाब जानना-समझना हो, वह मुझसे खुद क्यों नहीं बात करता अम्मा ?

—अरे कइसे तुझसे सीधे बात करेगा ई लोग ? तू अभी पुलिसवाला न है ?

—और साथ ही साथ घासी भी। अम्मा, यह बात मुझे मेरे थाने में कोई भूलने नहीं देता है। वहाँ सभी बड़ी जातवालों का आदर-जतन करना पड़ता है।

—थाने में भी ?

—तो तू का समझी थी अम्मा ? एक ये भइयासाहब, केशवजी और प्रसाद से ही मुझे एक बराबरी का व्यवहार मिला है।

भइयासाहब की बात उठते ही अम्मा की आँखें चमक उठीं।

—बिरिज तू अभी खाना खाएगा ?

—अम्मा, ये जंगल बूढ़ी के लोगों के क्या हाल-चाल हैं ? और वो धरमारू लोग ? क्या ये लोग अब भी वहीं रह रहे हैं ?

—रह तो वहीं रहे हैं। लाह इकट्ठा करने के लिए मालिक उनको जबरन मजबूर कर रहा है।

—मुझे मालूम है अम्मा।

—तुझे कैसे मालूम ?

—थाने में खबर पहुँची थी।

दूसरे दिन बिरिज जगूखारा से दूर जंगल बूढ़ी मौजा के कोसाफर में पहुँचा। रोहिया की बातों को सुनकर वह दंग रह गया।

—देख बिरिज, ज्यादा पुलिस की बात हमसे मत बोल। मरना तो है ही एक न एक दिन। पुलिस से डरने लगे तो हो चुका। जिन्दगी कट गई देवकी के डर से थर्राते।

—दादी तू इतनी जल्दी मरनेवाली नहीं है।

—काहे रे ? उमर कम हुई है न का ?

—उमर से क्या आता-जाता है दादी। मैं देख रहा हूँ तेरी बातचीत में बड़ा जोश आ गया है।

—जोस् ? तो सुन, गाँव के सारे मर्द लाह् इकट्ठा करने निकले हैं।

—अभी तो कुसुमी लाह् का समय है। है न दादी ?

—तेरे गाँव में भी क्या सब लाह् इकट्ठा कर रहे हैं ?

—धान तो कट गया। अब कोई काम भी नहीं है हाथ में। अमरीश फसल लेने आया था। लोगों ने उसे भगा दिया।

—कैसे ?

—फसल, खास जमीन की न थी ?

—वो मान गया ?

—कैसे नहीं मानेगा ? हमने कह दिया कि हम ब्लाक ऑफिस में अपना लगान देंगे। न उसको लगान देंगे और न ही फसल। उसको कहा है कि लाख हम उसको देंगे।

—और वो बगैर कुछ कहे, वापस चला गया ?

—अगर वह कुछ करने की कोशिश करेगा तो हम देख लेंगे। दादी तू एक काम कर। ई कोसाफर मौजा के लोगों की ओर से थाने

में शिकायत लिखवा दे कि यहाँ के लोगों पर अत्याचार हो रहा है।

—थाने में इन लोगों की ओर से शिकायत लिखवाऊँगी। सभी से कागज पर टीपा लगवाऊँगी और थाने में जाकर जमा कर दूँगी।

—इतनी हिम्मत तुझे मिलती कहाँ से है रे दादी ?

—यमराज से, और कहाँ से।

कुल दस एक परिवारों का गाँव है कोसाफर। खेती लायक करीब तीस बीघा ज़मीन है। बिरिज ने अर्जी लिखी। खुद उस अर्जी को लेकर थाने में गया। इसके बाद ही खबरें आने लगीं कि कोसाफर में दंगा हो गया है। कुसुम-लाख लेना हो तो हाथों-हाथ वजन करो और सरकारी रेट के बराबर पैसे दो। कुसुमपुर के लोगों ने देवकी के लाख एजेंट को अपने कब्जे में कर रखा है। अमरीश अपने भाई के गुण्डों को लेकर कुसुमपुर गया था, वहाँ के लोगों को पीटने। उसे और उसके आदिमियों को पलटकर कुसुमपुर के लोगों ने ही पीटा।

थाना दारोगा को मन मार कर घटना स्थल पर जाना पड़ा। साथ में चार कांस्टेबल भी थे जिनमें एक था बिरिज पारहिया। इस समय बिरिज गाँव का लड़का न होकर पुलिसवाला है। दोनों पक्षों के लोग घायल हुए थे। अमरीश ने चीखकर कहा—किस कनीज की औलाद ने गाँव में पुलिस बुलाने की हिम्मत की है ? पुलिस की कोई जरूरत नहीं है यहाँ पर। अभी मैं बन्दूक लाकर इन लोगों को ठिकाने लगाता हूँ। रोहिया मासूम बनकर बोली—मुतालेफ ने पुलिस को बुलवाया है। क्या मुतालेफ किसी कनीज की औलाद है ?

दारोगा ने बात आगे बढ़ने नहीं दी—बस-बस। ज्यादा बातें बनाने की कोई जरूरत नहीं है।

—अरे ! ये कौन चिड़िया है ?

—मैं यहाँ का दारोगा हूँ।

—दारोगा होंगे अपने घर के। यहाँ तुम्हारी कोई बात नहीं मानी जाएगी।

बस, फिर क्या था। एक ओर दारोगा, दूसरी ओर अमरीश और उसके लठैत। हालात को काबू से निकलते देख, दारोगा ने झटपट गिरफ्तारी का हुकुम दे दिया और दोनों पक्षों के लोग यानी अमरीश और गाँववालों में से कुछ लोगों को गिरफ्तार करके थाने ले जाया गया।

जगूखारा के लोग हैरान रह गए। गाँव में बिरिज के अम्मा और बाबू की पूछ बढ़ गई। जिन्होंने अमरीश और उसके गुण्डों को गिरफ्तार किया उनमें एक बिरिज भी था। बोलो था कि नहीं ? हाँ-हाँ जरूर। तब ? देख लो, हमारा लड़का पुलिस में गया और इसीलिए ऐसी घटना घटित हुई।

इस घटना के बहुत अजीबोगरीब परिणाम सामने आए। स्वाभाविक रूप से ही थाने में थोड़ी-बहुत कागजी कार्यवाही होगी और अमरीश के लठैतों को छोड़ दिया जाएगा। यही साधारणतः होता है।

यह इस इलाके का इतिहास रहा है। केवल इलाके का ही क्यों ? भारतवर्ष का इतिहास रहा है। भारत के दूसरे इलाकों की ही तरह पलामू जिले में पुलिस विभाग दरअसल मालिक लोगों का नौकर है। कभी-कभार एक-आध सिरफिरे अफसर आते हैं और पुलिस विभाग के साधारण तौर-तरीकों को अस्त-व्यस्त करने की कोशिश करते हैं।

पुलिस अगर मालिक लोगों की चाकरी करती है तो इसमें कोई बुराई नहीं है। मालिक और राजनैतिक दलों और उनके नेताओं के बीच लैला-मजनू का रिश्ता होता है। दोनों एक-दूसरे के बगैर नहीं जी सकते। पुलिस, मालिक लोगों को खुश रखती है जिससे शासकवर्ग के लोग पुलिस विभाग से खुश रहते हैं।

मगर क्या इसका यह अर्थ है कि मालिक और पुलिस के बीच मनमुटाव कभी नहीं होता ? क्यों नहीं होता। साल-दस-साल में एक-आध छोटी-मोटी झड़पें हो ही जाती हैं। अगर कभी झड़प हो तो इसका सीधा मतलब है कि कोई सिरफिरे पुलिस अफसर, ईमानदारी और निर्भीकता से काम करने की कोशिश कर रहा है। या, समझ लेना चाहिए कि मालिक के किसी काम से पुलिस विभाग को किसी परेशानी का सामना करना पड़ रहा है।

यहाँ बात कुछ ज्यादा ही पेचीदा थी। देवकीनन्दन पहले तो शासकदल के प्रार्थी से चुनाव में हार गया। बाद में नोटिफाइड इलाके में खिड़की के रास्ते दाखिल हुआ। शासक दल के साथ देवकी का छत्तीस का आँकड़ा चल रहा है।

पुलिस को देवकी अपने इलाके में पैर नहीं रखने देता है। देवकी के इलाके में देवकी का ही शासन चलता है। इसके लिए पुलिस और

देवकी के बीच एक अलिखित करार है। मगर हाल ही की घटना को अमरीश ने अपने अपमान के रूप में देखा और घटना के दूसरे दिन वहाँ पूछताछ के लिए गए कुछ कांस्टेबलों की बुरी तरह पिटाई की और उनसे, उनकी वर्दी और बन्दूकें छीन लीं। केवल यही नहीं, उसने अपने विलायती बूट से हेड कांस्टेबल के पेट के निचले हिस्से में ऐसा वार किया कि हेड कांस्टेबल साहब के मूत्रमार्ग से खून आने लगा और इसके तीन दिन बाद वह चल बसे।

इसके परिणाम से आनेवाले दिनों में एक खासी मुसीबत खड़ी हो सकती है, यह बात देवकी अच्छे तरीके से समझ गया।

दारोगा ने कहा कि वह लोग अफसर नहीं बल्कि कांस्टेबल हैं। कांस्टेबल। कांस्टेम्बुलेरी पर चोट करने के परिणाम से आपका इलाका बच नहीं सकता है। हम का करें ?

यह पूरी घटना एक थाने से दूसरे थाने में आग की तरह फैल गई। ऊपर से किसी बदमाश ने हर हाट-बाजार और थाना चौकियों में इस घटना को लेकर पर्चे बाँटे जिसमें पुलिस विभाग का मजाक उड़ाते हुए चैलेंज किया गया था। कई एक साल से सभी को पता है कि नक्सल लोगों ने पुलिस को मारा, इसीलिए पुलिस ने पलटकर उन्हें जवाब दिया। अब तो नक्सल नहीं रहे। मालिक से लात खाकर, मालिक द्वारा हत्या करने के बाद भी पुलिस मालिक के खिलाफ कोई कार्यवाही क्यों नहीं कर रही है ?—इसके बाद पर्चे में आगे बड़े ही जोरदार ढंग से कहा गया है कि क्या अपनी ड्यूटी करते हुए एक कांस्टेबल की इस हत्या को हम लोग चुपचाप सह लें ? क्या वह कांस्टेबल हमारी भारत माता का वीर सपूत नहीं था ?

फिर क्या था ! अमरीश पर मुकदमा चला और उसे गिरफ्तार कर लिया गया। उसके बाद एक बार जमानत, फिर गिरफ्तारी, फिर जमानत का अन्तहीन सिलसिला शुरू हो गया।

धरमारू लोगों, खासकर कोसाफर के धरमारू लोगों को इस पूरी घटना से एक फायदा हुआ कि अब उन्होंने फसल बेगारी देने से साफ मना कर दिया। जंगल के रास्ते वह तोहरी के हाट में चले आते। बिरिज को उन्होंने कहा कि बचे हुए चने और मकई को उन्होंने हाट में लाकर बेच दिया है। जो भी दाम मिले, बुरा क्या है।

—तुम लोगों को अब डर नहीं लगता, यह बात मैं देख रहा हूँ।

—डर ! बस एक बार मन ही मन तय कर लो, मुझे किसी से नहीं डरना है। यह इतना आसान है। हमें तो पहले यह मालूम ही नहीं था।

बिरिज को एक झटका सा लगा। यह बातें तो भइयासाहब की हैं। यह बातें घासी पारहाइया लोगों की हो ही नहीं सकतीं। तो क्या...?

—रोहिया ! दादी ! तुम लोगों को यह बात किसने सिखाई ?

—जिसे सिखानी थी उसी ने सिखाया।

रोहिया उसके बाद वहाँ खड़ी नहीं रही।

इसके बाद आया सन् पचहत्तर। कोसाफर से करीब सात मील की दूरी पर बसे गाँव साहासा की बात उठते ही लोग किसी अबाडू घासी की बात करते। सभी लोगों का कहना है कि इस व्यक्ति का न तो असली नाम अबाडू है और न ही वह जात का घासी है। किया क्या जाए ? हमको तो ये भी मालूम है कि हमारे भइयासाहब ने ही 'क्रान्ति मोर्चा' संगठन बनाया और फिर बलवा किया। परन्तु पुलिस के हाथ-पैर बँधे थे। साहासा में जो पहली रिपोर्ट दर्ज की गई उसमें नाम लिखा गया अबाडू घासी। बस, आगे से यही नाम चालू हो गया। पूरी घटना इतनी आसान भी नहीं थी, क्योंकि अबाडू घासी का नाम लेकर गर्म दिमागवाले बटाईदारों ने भी हथियार उठा लिया। साहासा का आन्दोलन मुख्यतः बटाईदारों का आन्दोलन था। दयानन्दन की जमीन को बटाई पर उस गाँव के कुल तेईस किसानों ने लिया था। दयानन्दन रिश्ते में देवकीनन्दन का चाचा लगता है। जल्द ही देवकी ने अपने चाचा को पट्टी पढ़ाकर उसकी जमीन हथिया ली थी और अपनी आदत के मुताबिक उसने बटाईदारों को उनका हिस्सा देने से मना कर दिया। उसका सीधा हिसाब था, खेत मजूरी के हिसाब से सेरभर कच्चा धान, बस।

दलीप ने इस दिए जा रहे कच्चे धान के सबूत के तौर पर लोगों से सादे कागज पर अँगूठा लगवाना चाहा। उसी वक्त वहाँ उपस्थित एक दुबले-पतले से आदमी ने कहा कि यह तो अच्छी रही। हमारा भाग भी मारोगे और हमें सादे कागज पर अँगूठा लगवाकर कामिया भी

बनाओगे ? भाई लोगो, हमने तुमसे पहले भी कहा था कि नहीं कि ये लोग हमसे चाल चलनेवाले हैं ? यहाँ तो साफ-साफ कामिया बनाया जा रहा है।

इसी से बलवा शुरू हुआ। इस बार दलीप के गुण्डे मार खाने नहीं बल्कि मारने आए थे। देखते ही देखते वहाँ अच्छी-खासी लड़ाई शुरू हो गई। दूसरे दिन ब्लॉक ऑफिस में पहुँचकर अबाड़ू घासी ने कहा कि किसानों को उनके हिस्से का धान और उसकी पक्की रसीद दी जाए और मालिक अपना हिस्सा ले जाए। किसान अपनी पीठ पर लादकर मालिक के घर में उसका हिस्सा नहीं पहुँचाएँगे।

—किसान ब्लॉक आफिस आएँगे ?

—हाँ-हाँ, क्यों नहीं।

—ब्लॉक उनके लिए ज्यादा करीब है कि मालिक का गोदाम ?

—बटाईदारों के लिए दोनों जगहें उनके घर से काफी दूर हैं। दिल्ली अभी दूर है उनके लिए। फिर भी ब्लॉक ऑफिस नजदीक ही है। फिलहाल मैं समझ सकता हूँ। पर तुम हो कौन ?

—अबाड़ू घासी।

और इस तरह 'अबाड़ू घासी' नाम इलाके में गूँजने लगा। इन बातों को सुनकर असली अबाड़ू घासी ने कहा कि अब तो मुझे भी लड़ाई के लिए कमर कस लेनी चाहिए। मगर उससे पहले मुझे अपने सबसे बड़े दुश्मन को खत्म करना होगा।

—वह कौन है ?

—दारू की भट्टी चलानेवाला झबीलाल। इस बदमाश ने बीच रास्ते में दारू की दुकान खोल ली है और हमारे मेहनत के पैसे को हड़प जाता है।

एक ओर धरमारू लोगों और दूसरी ओर बटाईदारों को लेकर अबाड़ू घासी ने अच्छा-खासा बलवा खड़ा कर दिया। इसी अबाड़ू घासी ने एक-एक करके दारू की भट्टियों को तोड़ना शुरू किया। एक ही साथ यह अबाड़ू घासी कई जगहों पर इस तरह के काम करता। इन जगहों के बीच में कुछ-एक मील का फासला था। पुलिस की समझ में आ नहीं रहा था कि एक ही आदमी एक ही समय में मील भर दूर स्थित दो इलाकों में एक साथ कैसे काम कर सकता है ? इसी बीच साहासा के

एक अत्याचारी महाजन उधमचन्द की हत्या हो गई और रातों-रात अबाडू घासी का नाम 'साहसा के आतंक' में बदल गया।

जिस दिन महाजन का कत्ल हुआ, उसी दिन असली अबाडू घासी किसी दारू की भट्ठी को तोड़ने के जुर्म में थाने में पकड़कर लाया गया था। दारोगाजी को जब यह पता चला तो उसने पूछा, अबाडू यह क्या माजरा है ?

—का दारोगाजी ?

—तू यहाँ है और साथ ही तू उधम का कत्ल भी कर रहा है ?

—यह कैसे हो सकता है ?

—वही तो मैं भी सोच रहा हूँ। क्या और भी कोई अबाडू घासी है ?

—हम त ना देखा।

—कभी उसका नाम सुना है ?

—कभी नहीं।

—ये कैसा ठठ्ठा है!

अबाडू थाने से छूट गया और अपने गाँव साहासा लौटते ही वह भइयासाहब की खोज में जी-जान से लग गया। मेरा नाम अगर तुमने लिया है तो मुझे भी अपने साथ में लो। अपने साथ रखो।

—मुझे लड़ना सिखाओ।

—भइया, तुम जहाँ भी रहो, वही तुम्हारा मोर्चा है।

दूसरे संघर्ष में असली अबाडू जेल चला गया। वह जख्मी भी था। देवकी के साम्राज्य कोसाफर में धरमारू लोगों के साथ, देवकी के खिलाफ संघर्ष में वहाँ के बटाईदार भी उठ खड़े हुए। अबाडू के जेल जाने से चन्दन ने वहाँ मोर्चा सँभाल लिया। इसी समय देश में आपातकाल की घोषणा हो गई। तमाम खबरों पर ताला पड़ गया। दूसरी ओर बाढ़ से उफनती योही नदी के दूसरी ओर के खेतों में संघर्ष ने बड़ा आकार ले लिया।

—मालिक महाजन याद रखो—

—सरकारी मजदूरी दिया करो।

—खेतमजूर को अगर मजूरी नहीं मिलती—

—तो रोपाई का काम नहीं होगा।।

चन्दन को गिरफ्तार करने पुलिस दोबारा गाँव में लौटी। रोपाई के दिनों में गाँव के स्कूल बन्द रहते हैं। सभी अपने खेतों में व्यस्त रहते हैं। गाँव के सभी स्कूलों में पुलिस चौकी बिठा दी गई।

—कौन है चन्दन ?

—कौन जाने ?

—तुमको मालूम है ?

नहीं, चन्दन के बारे में किसी को कुछ नहीं पता है। कोसाफर, साहासा, देवगढ़, मुरहाई, कान्डा, बिही, गाँव के लोगों ने इस बारे में चुप्पी साध ली थी।

—इस बार तो पूछताछ करके वापस लौट जा रहे हैं। अगली बार आएँगे तो घरों में आग लगा देंगे, गोलियाँ चलाएँगे, तुम्हारी औरतों को नंगा करेंगे।

रोहिया घासी ने पुलिस को ललकारते हुए कहा—मुझे अपनी बन्दूक के कुन्दे से मारो, गोली चलाओ मुझ पर, मुझे नंगा कर दो—मैं भी तो औरत जात हूँ। क्या है हिम्मत तुम लोगों में?

—बुढ़िया ! तुझे आखिरी बार हम लोग समझा रहे हैं। जबरदस्ती हमसे उलझने की कोशिश मत कर।

—काहे न करें ? मालिक लोग तेरे भाई-बन्धु हैं। हम लोगों से जो केवल लातों से बात करते हैं। तुम लोग उल्टे मालिक के गुण्डों की मदद करते हो। तुम लोग उनसे डरते न हो ? तभी तुम लोग हम पर इतना अत्याचार करते हो।

गुस्से को काबू में रखते हुए पुलिस ने जमीन पर थूका और वापस चली गई।

बाद में जब एक बड़े इलाके में खेतिहर और बटाईदार और लाख किसानों के साथ तेन्दूपत्ता इकट्ठा करनेवाले मजदूर, जुल्म और अत्याचार के खिलाफ संगठित हो गए, तब इलाके में रिजर्व पुलिस, स्पेशल पुलिस को बुलाया गया था।

उस समय इलाके में ऑपरेशन बलबीर प्रसाद चल रहा था। चन्दन अब बलबीर प्रसाद हो गया था। यह उन्हीं दिनों की बात है। थाना रिपोर्ट को बिरिज बड़े ध्यान से पढ़ता था। कहने में कोई दोष नहीं है कि कांस्टेबल लोग मन-ही-मन चाहते थे कि बलबीर प्रसाद उर्फ

चन्दन गिरफ्तार न हो।

बिरिज ने एक बार धीरे से पूछा था, दूबे जी क्या यह सच है कि आप लोग उस समय हाट में थे जब बलबीर प्रसाद भी वहीं पर था। अफसर ने आपको, उसे, भीड़ में खोजने को कहा था और आपने उसे देखकर भी जाने दिया ?

भैया, कैसे गिरफ्तार करते ? मुझे और नारायणलाल को उसने बिही गाँव में पकड़ा था। वह लोग संख्या में बहुत ज्यादा थे, चाहते तो हमें मार भी सकते थे। उन्होंने हमें छोड़ दिया। हाँ, उन्होंने हमारा राइफल हमसे छीन लिया था। उन्होंने हमसे कहा, भाई लोग, अगर तुम लोगों के पास अपनी खेतीबारी है, और उसको लेकर तुम्हारे मन में कोई दुख है तो उस दुख से तुम हमारे दुख को समझने की कोशिश करो। अभी तक तुम लोगों ने हमको नहीं मारा है, इसीलिए हम भी तुमको नहीं मारेंगे। हम बस तुम्हारी बन्दूकों को ले लेंगे।

जहाँ तक सम्भव हुआ, बलबीर प्रसाद और उसके साथियों ने कांस्टेबल लोगों के साथ इसी तरह का व्यवहार किया। इसके अलावा भी जब होमगार्ड, पलामू कैनल के बाँध पर पहरा दे रहे थे, बलबीर सिंह और उसके आदमियों ने उन पर हमला बोला, तब उनको जान से नहीं मारा, बस उनकी बन्दूकें छीन ली थीं।

इस सबको देखते हुए पुलिस अफसर ढिल्लों ने कहा था कि हालात पर स्थानीय पुलिस की मदद से काबू पाना असम्भव है। क्या पता कि पूरी फौज पर बलबीर प्रसाद का जादू चलता हो। ऐसा भी हो सकता है कि बलबीर प्रसाद को पुलिस फौज से किसी भाईचारे के चलते समर्थन हासिल हो रहा है।

स्थानीय पुलिस को हटाकर इलाके में बाहर की पुलिस को मुकर्रर करो। ''राज्य सरकार अगर चाहे तो सरकारी गजट में इस बारे में सूचना दे सकती है कि राज्य के कुछ इलाके संवेदनशील हैं या उन इलाकों को अशान्त क्षेत्र घोषित किया जा सकता है।...अथवा यह घोषणा की जा सकती है कि किसी इलाके की जनता या उनके एक खास हिस्से के विशेष कार्यकलापों के लिए उक्त इलाके में अतिरिक्त पुलिस बल को भेजने की जरूरत है।...ऐसा होने पर इस अतिरिक्त पुलिस बल को इलाके में रखे जाने का खर्च, इलाके की जनता से वसूल किया जाएगा।''

इस घटना में किसी सरकारी गजट में इस आशय की कोई जानकारी प्रकाशित नहीं की गई थी। हालाँकि इस इलाके के कुछ गाँवों को अशान्त क्षेत्र के रूप में चिह्नित कर लिया गया था। वहाँ की जनता के किसी खास कार्यकलाप के लिए वहाँ पुलिस को तैनात किया गया था, ऐसी बात नहीं है। इलाके के स्थानीय पुलिस बल से प्रशासन का विश्वास उठ चुका था। इससे एक असुरक्षा की भावना उत्पन्न हो गई थी। इस असुरक्षा की भावना के पीछे और भी कई कारण थे। पहले जो लोग पुलिसवालों को जान से मार डालते थे, वह लोग अब पुलिसवालों को क्यों नहीं मार रहे हैं ?

इससे पहले कौन लोग इस तरह के आन्दोलन में भाग लेते थे ? अब कौन लोग इन आन्दोलनों में हिस्सेदारी कर रहे हैं ?

इलाके के हालात पर काबू न पा सकने के लिए स्थानीय पुलिस को फटकार लगाई गई, कुछ लोगों को सस्पेंड भी किया गया। विशेष पुलिस बल को खास निर्देश जारी किए गए।

रोहिया की गोली और संगीन से क्षतविक्षत लाश। नंगी रोहिया की लाश। रोहिया का टोला आग में भस्म हो गया।

इस लड़ाई में नेतृत्व किसी एक व्यक्ति का नहीं रहा। पुलिस के साथ आमने-सामने की लड़ाई, पुलिस से रायफल छीनने की घटनाओं में रातों-रात तेजी आती गई। कौन चाहता है जंगल में छिपकर युद्ध करना ? बलबीर प्रसाद जंगल से लड़ाई चलाने का पक्षधर नहीं है। वह चाहता है, लड़ाई चले खेतों में, लाख की भट्ठियों में।...रोहिया लोगों के टूटे दिलों में कहीं पर भी असुरक्षा या डर की भावना नहीं है। तुम्हारी लड़ाई तुम लड़ो। जमीन का दुख तुम्हारा दुख है। तुम्हारा अपना दुख है, न कि मेरा।

—भइयासाहब, हम लोगों के सामने अब चारा डाला जा रहा है।

—कैसे ?

—अब कह रहे हैं कि तुम लोग आन्दोलन समाप्त कर दो, तो, हम भी पुलिस को हटा लेंगे। कह रहे हैं कि अब हर गाँव में स्कूल होगा। कहते हैं, पढ़ना-लिखना सीखो, सरकारी नौकरी करो।

—यह तो अच्छी बात है। तुम्हारी क्या राय है ?

—हमने कहा है कि पहले इलाके से पुलिसवालों को हटाओ,

उसके बाद ही आन्दोलन खत्म होगा। कहते हैं कि हमने पुलिसवालों की जान ली है।

—हमने कहा कि जो पुलिसवालों ने हमारे लोगों को मारा, हमारी बहू-बेटियों की इज्जत लूटी, हमारे घरों में आग लगाई, उनको क्या हम न मारकर गले लगाते ? सुना है कि धान की कटाई के बाद पुलिस को हटा लिया जाएगा।

—जहाँ तक पढ़ना-लिखना सीखने की बात है, यह तो बिल्कुल सही है। लड़ने के लिए पढ़ना-लिखना जरूरी है। अपने हक को और इसके लिए बने कानूनों को जाने बगैर कैसे लड़ा जा सकता है ? यह लड़ाई तुम्हारी अपनी लड़ाई है। इसको जारी रखना भी तुम्हारी ही जिम्मेदारी है। हिसाब एकदम पक्का होना चाहिए।

—हिसाब ! कैसा हिसाब ?

—कामिऔती का हिसाब। हिसाब कर्ज और मजूरी का, और किसका ?

कोसाफर की आग साहसा तक फैल गई। साहसा से देवगढ़, देवगढ़ से मुरहई, मुरहई से कान्डा, बिही। पुलिस, स्पेशल फोर्स ! पुलिस बलबीर प्रसाद को पकड़ने की कोशिश तो कर रही है पर हर कोशिश नाकामयाब होती जा रही है। यह जनान्दोलन, दूसरे आन्दोलनों से अलग है। यहाँ सभी नायक हैं, नायिकाएँ हैं। नेतृत्व में अलग से कोई नहीं है, और सभी लोग नेतृत्व में भी हैं।

नहीं तो भला बिही में एक साधारण सा खेतिहर मजदूर कैसे लोगों को लामबन्द कर सकता है—भाइयो ! ! ! तुम्हें कोसाफर के रोहिया पारहाइया के नाम की सौगन्ध, लड़ाई जारी रखना है।

और कुछ-एक घंटे की लड़ाई के बाद बाईस वर्ष के झारी भुँइया की लाश को भला क्यों वहाँ इकट्ठी जनता ने वहाँ से उठाए जाने से रोका। चमारों की लड़कियों ने क्यों कहा कि वह लोग लाश को किसी भी सूरत में वहाँ से नहीं ले जाने देंगे ? आखिर क्यों ऐसा हो रहा है ?

ढिल्लों की रिपोर्ट है : इस इलाके में हो रही हिंसा की वारदातों के पीछे किसी बाहरी व्यक्ति या राजनैतिक संगठन का कोई हाथ नहीं है। यह पूरा इलाका जमीन से जुड़े कर्जों के चलते मात्र तीन परिवारों के पास बन्धक पड़ा है। इस आन्दोलन को कुचलने में लगे रहते हुए

भी मेरा यह मानना है कि कामिऔती या इसी तरह के दूसरे ऋणों के चलते यहाँ के लोगों की पीठ आज दीवार से सट गई है। ऐसे में ऋणों के मसले का सही समाधान खोजना सबसे जरूरी है, क्योंकि ऋणों के बोझ तले ये पहले ही मरे हैं, यही वजह है कि ये लोग अब मौत से नहीं डरते।

ऊपर से आदेश आता है : बलबीर प्रसाद को गिरफ्तार करो।

ढिल्लों की रिपोर्ट : पाँच हजार की इनामी रकम के बावजूद कोई सामने नहीं आ रहा है। अभी इस तरह की कोई भी बातचीत नहीं की जा सकती है।

निर्देश : स्थानीय पुलिस बल की मदद लो।

आपातकाल के दौरान पुलिस विभाग को अजीबोगरीब घटनाओं से होकर गुजरना पड़ा। कानून और व्यवस्था की स्थिति को अपने नियन्त्रण में लाने में नाकामयाब होने से ढिल्लों और विशेष पुलिस बल को वापस बुला लिया गया।

इससे देवकीनन्दन ने चैन की साँस ली। विशेष पुलिस बल, इलाके के लोगों से खास कुछ माल नहीं लूट पाया था। ढिल्लों ने देवकीनन्दन को कहा कि विशेष पुलिस बल के रखरखाव की जिम्मेदारी आपकी है, क्योंकि आपके कामिऔती को झाड़कर एक फूटी कौड़ी भी नहीं मिलेगी।

देवकी के खर्चे पर विशेष पुलिस बल ने जमकर दारू पी और गोश्त खाया। खर्चा कुछ ज्यादा ही हो रहा था। देवकी के लिए इलाके से विशेष पुलिस बल की वापसी एक सुकून की बात थी। इधर पुलिस बल को इलाके से हटा लिया गया, वहीं दूसरी ओर महकमे के हाकिम अशान्त क्षेत्र के ब्लॉकों का दौरा कर गए जिसमें उन्होंने इलाके में शान्ति प्रतिष्ठानों की स्थापना के लिए लोगों को उनके घर-घर जाकर बुलाया और उनसे बातचीत की। इससे रोहिया की मौत की खबर सुर्खियों में आ गई। रोहिया का गाँव कोसाफर भी इससे अछूता न रहा। लोगों से बातचीत करने के बाद हाकिम ने उस इलाके के खास जमीनों के सीमान्त किसानों को ब्लॉक द्वारा बीज और खाद मुहैया करवाने का निर्देश दिया।

आखिरकार बीज या खाद किसी को मिले या न मिले पर इस

आदेश ने इलाके में जबरदस्त हलचल मचा दी। देवकी समझ गया कि जंगल बूढ़ी ताल्लुक उसके हाथों से निकल गया है।

तोहरी थाने में अचानक रन्धावा की बदली हो गई। थाने में आते ही रन्धावा बड़ेवाले बरगद के पेड़ के नीचे अपना तम्बू लगाकर बैठ गया। रन्धावा अपने आप में एक चलता-फिरता किस्सों की खान है। उसका पहनावा, जो कभी बुशशर्ट और पैंट, तो कभी गंजी और लुंगी होता, लोगों के लिए एक किस्सा ही तो था। रन्धावा इस पूरे इलाके में अकेला ऐसा अफसर था जो हाट से छींटवाला कपड़ा खरीदकर वहीं हाथों-हाथ खलीफा दर्जी से बनवाए कुर्ते को पहनकर मन्त्रियों से मिलने जाता था। पाँव में बजरिया चमार का बनाया मोटा और बेढब किस्म का नागरा जूता।

ट्रेन में सफर करते वक्त आराम से वह अपने सर में चम्पी करवाता और शरीर की लहसुन मिले तेल से बड़े शौक से मालिश करवाता।

रन्धावा के बारे में एक बार कहना शुरू करो तो वह बस खत्म होने का नाम नहीं। उसे लाख उत्पादक इलाके में रखो तो वह लाख किसानों का साथी है। खेतिहर किसानों के आन्दोलन में उसे भेजो, वह नवरतनगढ़ के खूँखार डकैत भुजा सिंह को कमर में रस्सी बाँधकर मार देगा। खेतिहर किसानों को गाँव में से पैदल मार्च करवाता हुआ जेल में ठूँसेगा। कोयले की खानवाले इलाके में उसका तबादला करो तो वह वहाँ के लालमोर्चा संघ के मजदूरों को वहाँ के ठेकेदार-नेता-गुंडों के खिलाफ जंग में मदद करेगा।

सबसे ताज्जुब की बात यह है कि रन्धावा कोई भी काम लुक-छिपकर नहीं करता है। जंगल की लड़ाई में सुनते हैं आदिवासी मोर्चा के लोगों से उसने कहा, मारो, और मारो, छीन लो अपने हकों को। लेकिन उसके लिए संगठन बनाओ अपना। अरे, ओ उल्लू के पट्ठो, अभी अगर मैं गोली चला दूँ तो तुम लोग क्या करोगे ?

यहाँ एक सवाल उठ सकता है कि इस तरह के एक अफसर और उसके कामकाज के तरीके को प्रशासन और पुलिस विभाग कैसे बर्दाश्त कर रहा है ? दरअसल इस तरह के दो-एक आदमी पुलिस विभाग में हमेशा से ही पाए जाते हैं। खास तौर पर उन इलाकों में जहाँ हरिजन

और आदिवासी लोग स्थायी रूप से गरीबी की रेखा से नीचे रहते आए हैं।

राजनैतिक दल उनके प्रति उदासीन ही रहे हैं। चुनाव के वक्त अपने वोट बचाने के चलते इनकी सुध तो ली जाती है, ये अलग बात है कि राजनैतिक दलों के कार्यकर्त्ता अपने आप में ईमानदार हो सकते हैं। मगर जब इन ईमानदार और सच्चे कार्यकर्त्ताओं के कन्धों पर बन्दूक रखकर राजनैतिक दल अपने चुनाव का उल्लू सीधा करना चाहते हैं तब इलाके की आदिवासी और हरिजन जनता के सर पर खून सवार हो जाता है। इनका पुलिस और गोरमेन से विश्वास तो पहले ही उठ चुका था। अब पुलिस, गोरमेन के साथ राजनैतिक दल भी जुड़ गए।

लोहे को काम में न लाओ तो उसमें जंग लग जाता है। लकड़ी सड़ जाती है। इंसान न लोहा है और न ही लकड़ी। सदियों से मुख्यधारा से अलग रहते हुए, मार खाते हुए एक दिन ऐसा आता है जब वह पलटकर वार करता है। उनकी राजनीति उनसे कहती है कि साल दर साल अपने पेट की आग को सहते हुए एक के बाद दूसरी, दूसरी के बाद तीसरी पंचवर्षीय परियोजनाओं को मत देखो, मीटिंग और डेपूटेशन भी नहीं, बल्कि हथियार उठाओ और पलटकर वार करो। तुम्हारे रहने का सबूत, तुम्हारे वजूद का सबूत उनको बता दो।

हाँ हाँ जी, भूखानंगा समझे ऐसी बात। कैसे न समझे जी ?

वह हथियार उठा लेते हैं। एक बार अपने पेट के लिए, अपने वजूद के लिए उन्होंने हथियार उठाया नहीं कि सरकार, विदेशी मिशन, पुलिस, मिलिटरी, पैरा मिलिटरी, पृथ्वी के दो महारथियों और उनके पिछलग्गू और गुलाम पार्टियाँ सब के सब एक साथ कूद पड़ेंगे। अरे-अरे यह क्या कर रहे हो ? अपने पर काबू रखो और भारत के कानून और व्यवस्था को मत भूलो। आखिर किसके भरोसे तुम आगे बढ़ रहे हो ? तुम्हे शायद नहीं मालूम कि जिन पर तुम्हें भरोसा है वह सब विदेशी मुल्कों के दलाल हैं।

अइछन बात तो भूखा-नंगा ना समझे जी। देखो दलाल कह दिया। दलाल ? जिस पर बिशवास करो वह हो गया दलाल ? अरे हमारा बिशवास है हमारे अपने इन दो हाथों और हमारे हथियार इन तीर, टाँगी और धनुष पर। आदिवासी और हरिजन लोगों का हाथ और

उनका हथियार, उनके हिसाब से बिदेशी मुलुक का दलाल है ?

इलाके में हालात तेजी से खराब होने लगे। इसके थोड़े दिनों बाद किसानों के खून से जमीं रँग गई। सरकार का गाँव के गरीबों पर जब दमनचक्र पूरा हो गया तब सरकार ने हालात का जायजा लेने के लिए उस इलाके में एक जाँच टीम को भेजा। जाँच टीम आई, इलाके और प्रभावित लोगों का दौरा किया और अपनी सिफारिशें सरकार को भेजीं। इन सिफारिशों को दूसरी तमाम सिफारिशों, जाँच कमेटी की रिपोर्टों की तरह ठण्डे बस्ते में डाल दिया गया। इसके कुछ दिनों बाद सरकार ने एक रहमदिल अफसर का तबादला इस इलाके में कर दिया। सरकार का उद्‌देश्य जाँचा-परखा था। एक ओर यह अफसर जहाँ पीड़ित परिवारों की भलाई में जान लड़ा देगा वहीं दूसरी ओर सरकार के विभिन्न विभाग और मन्त्रालय इस अफसर को हर हाल में अपने मंसूबों पर नाकाम करने के लिए जी-जान से जुट जाएगा। इस रहमदिल अफसर की सारी कवायद उस बन्दर की तरह होगी जो एक तेल चुपड़े खम्भे पर चढ़ने की कोशिश कर रहा हो। जाहिर है सफलता ऐसी हालत में न बन्दर को मिलेगी और न ही उस रहमदिल अफसर को। परन्तु सरकार अपने उद्‌देश्य में सफल हो जाएगी। कैसे ? सो ऐसे कि जल्द ही लोगों में यह विश्वास फैलेगा कि अफसर नेक, रहमदिल और उनका भला चाहनेवाला है। इससे वंचित लोगों का गुस्सा भी एक हद तक ठण्डा पड़ जाएगा। इस अफसर के कन्धों पर सवार होकर हरिजनों और आदिवासियों के बीच सरकार अपना रास्ता बनाएगी।

इसी के चलते इलाके में रन्धावा का तबादला हुआ था। रन्धावा को इस क्षेत्र में जिले के आदिवासी-हरिजन समस्या की देखरेख करने के लिए बनाए गए विशेष सेल में पुलिस का डिप्टी आई जी बनाकर भेजा गया था। वह नौकरी लोग आम तौर पर नाक-भौं सिकोड़कर स्वीकार करते थे। इससे पहले इस पद से तीन डी आई जी अफसरों ने किसी न किसी बहाने अपना तबादला किसी दूसरे विभाग में करवा लिया था। क्लब में सिन्हा ने रन्धावा को समझाया कि रन्धावा मत जाओ। काफी डकैत पकड़ लिए, ठेकेदारी के दुश्चक्र को तोड़ दिया, हत्यारे कैदियों का समाज में पुनर्वास करवाया, अपनी जिम्मेदारी पर उनको काम दिलवाया, बहुत हो गया। अब थोड़े दिन सुस्ता लो। आराम करो।

—भैया, मुझे आराम तो उन्हीं लोगों के बीच मिलता है।

—सुना है तुम्हारे साथ वह गाली-गलौज भी करते हैं ?

—सो तो है। हालाँकि यह दोनों ओर से चलता है। मैं उनसे कहता हूँ—उल्लू के पट्ठो, बुड़बक, बतू। और वह कहते हैं—चुप हो जा साला अफसर, जाकर भैंसी का टेंगरी चूस—और भी काफी गाली-गलौज करते हैं।

—और तुम यह सब बर्दाश्त करते हो ?

—मजे से बर्दाश्त करता हूँ।

—और उन्हीं लोगों की फिर देखभाल भी करते हो। तुम अजीब आदमी हो भई।

यह अजीब आदमी जिस किसी इलाके में गया, वहाँ का पैटर्न ही बदल गया। शोषित और वंचित यह लोग मुझ पर भरोसा करते हैं। हम भला इनके साथ कैसे बेईमानी करें ? मुझे ब्लॉक ऑफिसर के अधिकारों से कोई मतलब नहीं है। सरकारी राहत, मेरी देखरेख में लोगों के बीच बँटेगी।

यह ठेकेदार कौन है ? मैं यह सब नहीं मानता। यहाँ के लोग सूखे के समय काम के बदले अनाज की सरकारी राहत के चलते सड़कें बनाएँगे, कुआँ खोदेंगे।

अरे ओ उल्लू के पट्ठो, अनुसूचित आदिवासियो, तुम बस एक काम करो, कि तुम लोग अपनी एक समिति बना लो। मैं उस समिति की रजिस्ट्री करवा दूँगा। तुम लोग इस समिति की ओर से दरख्वास्त भेजो, मैं उसको फारवर्ड कर देता हूँ। उसमें लिखो कि तुम लोग इस राहत कार्य योजना के अन्तर्गत काम करना चाहते हो।

तुम कामिया हो ? सेवकिया हो या जानौट ? अरे भई तुम लोग बँधुवा मजदूर हो। अब बोलो तुमने क्या कर्जा लिया था ? कैसे तुम कामिया बन गए।

यह सभी को कहता था कि, उठो, लड़ो। थोड़ा मरो, थोड़ा मारो, मगर ध्यान रहे कि तुम अगर अपना हक खुद नहीं छीनते तो कोई रंडी का बच्चा साला तुम्हारा हक, तुम्हारी गोद में नहीं रखेगा।

जहाँ कहीं रन्धावा गया, जनता के संघर्ष को उसने और धारदार बनाया। यही उसकी अब धीरे-धीरे पहचान बन गयी थी। मानो अपने

इतने वर्षों के पुलिस मेडल, सम्मान और पुलिस विभाग में मिली ख्याति को वह मिट्टी में मिलाने पर आमादा था। मैंने आखिर किया क्या है ? कुछ भी तो नहीं किया। आप चाहो तो सरकार द्वारा भेजी गई जाँच समितियों की किसी भी सिफारिश को देख लो। हर रिपोर्ट में कहीं न कहीं पर लिखा है कि व्यवस्था में परिवर्तन लाए बगैर इलाके में हिंसा की वारदातों को रोकना नामुमकिन है।

अब इसमें कोई हैरान करनेवाली बात नहीं थी कि रन्धावा किसी भी इलाके में ज्यादा दिन टिककर नहीं रहा। तबादले और उसका मानो चोली-दामन का साथ था। कभी-कभार जब वह अपने विभाग के दूसरे अफसरों से मिलता तो कहता कि अब तो कभी भी वह साले हमको पटना में भेजकर किसी विभाग का सचिव बना देंगे। भइया ! अब हम आपको क्या-क्या बताएँ कि क्या हो रहा है। क्या कुछ किया जा सकता था पर इस शर्मा की वजह से नहीं हुआ। आई.जी. को तो सब पता है।

—किस बारे में ?

—आई.जी. को सारी बातों की खबर है।

मन्त्री महोदय पूछते हैं : रन्धावा पर कितना भरोसा किया जा सकता है ?

आई.जी. : सौ फीसदी।

—कैसे कह सकते हो ?

—अविश्वास का सवाल ही कहाँ उठ रहा है ?

—वह हिंसात्मक गतिविधियों को बढ़ावा दे रहा है।

—बेशक उसके काम करने का ढंग बाकी लोगों से अलग है। मगर यह भी सही है कि उसके चलते पुलिस विभाग और दूसरे मन्त्रालयों को बहुत सारे झमेलों से निजात मिल रही है। उचित खेत-मजूरी और बटाईदारी की माँग ही ज्यादातर विक्षोभों की मूल वजह है। रन्धावा की कोशिशों के चलते कम से कम चार-पाँच जगहों पर मालिक महाजन लोगों ने लोगों को उनके हक के मुताबिक मजदूरी और बटाई दी है। इससे उन इलाकों में कोई असन्तोष भी नहीं पनपा।

—मगर खेतिहर मजदूर और बटाईदार अपनी जीत मान रहे हैं और लामबन्द हो रहे हैं।

—तो इसमें परेशान होने की क्या बात है ? अगर वह दबाव डालकर अपना हक थोड़ा-बहुत प्राप्त करने में सफल हो जाते हैं तो यह तो अच्छी बात है। या फिर आप यह चाहते हैं कि इलाके में असन्तोष फैले, मार-काट मचे ?

बातचीत इससे आगे नहीं चली।

तोहरी पहुँचते ही रन्धावा ने सभी कांस्टेबल लोगों को बुला भेजा और उनसे इससे पहले हुई सारी घटनाओं की जानकारी हासिल कर ली। इसके बाद वह पहुँचा कोसाफर। उसने किसके साथ क्या बातचीत की, यह तो नहीं मालूम। चाहे जैसे भी हो, उसने बलबीर प्रसाद के साथ बातचीत की, यह बातचीत एक घंटे तक चली।

—तुम पुलिसवालों को क्यों नहीं मार रहे हो ?

—भइयासाहब ने कोई जवाब नहीं दिया, मुस्करा दिया।

—इलाके की पुलिस तुम्हें...समर्थन करती है ?

—यह तो नहीं मालूम पर इतना तय है कि तुम पर वह नाराज नहीं है। इसके लिए देवकी जिम्मेदार है। देवकी ने अपने इलाके में सरकारी प्रशासन की कमर तोड़ दी है। उसे थाने की कोई परवाह नहीं है। इलाके का कोतवाल, न्यायाधीश सभी देवकी खुद है। हमारी लड़ाई देवकी के खिलाफ है। थाना अभी तक इस लड़ाई में तटस्थ ही रहा है।

—क्या इसे तुम एक दुर्घटना मानते हो ?

—क्या तुम्हें भी यही नहीं लगता ?

—हो भी सकता है और नहीं भी हो सकता है।

—क्यों ?

—ऐसा भी तो हो सकता है कि इसके पीछे भी तुम्हारी कोई चाल हो। तुम पुलिसवालों से केवल उनकी बन्दूकें छीन लेते हो...

—देखो मैंने तुम्हारे बारे में काफी सुना है। हो सकता है कि तुम एक अच्छे इंसान हो, लोगों से कहते हो कि अपने हकों के लिए हथियार उठाओ, आखिर तुम चाहते क्या हो ? क्या तुम्हारा इरादा, इलाके में सेना लाने का है ?

—द्वारकानाथ ! क्या हुआ, तुम चौंक क्यों गए ? यही तो तुम्हारा असली नाम है, है न ? तुमने मुझ पर जो इलजाम लगाया है, क्या तुम्हारे पास एक भी घटना है जहाँ मैंने ऐसा कुछ किया हो ?

—नहीं। यह सच है कि तुमने कभी ऐसा कुछ नहीं किया। यह मेरा सौभाग्य है कि मधु मिश्र और कानू सहाय जैसे नेताओं के साथ बातचीत करने का मुझे मौका मिला है। तुम अगर उनसे बातचीत करते तो वह लोग भी तुम्हें यही सलाह देते।

—यहीं पर तुम्हारी गलती है। वह तुम्हारी श्रेणी के लोग हैं और इसी से तुमने जल्द ही उन पर भरोसा कर लिया। तुम लोग उच्च मध्यमवर्ग से सम्बन्धित हो। चूँकि मैं जात और श्रेणी के आधार पर तुमसे अलग हूँ, इसलिए तुमने मुझ पर भरोसा नहीं किया। अपने दुश्मन और दोस्त की पहचान करना बहुत जरूरी है। अगर हमें अपने दुश्मन और दोस्त की सही पहचान होती तो शैबाग जेल में सन् इकहत्तर में तीस युवक इस तरह न मारे जाते।

—यहाँ, इस इलाके में तुम चाहते क्या हो ?

—मैं हथियारबन्द लड़ाई में विश्वास करता हूँ, क्योंकि आदिवासी हरिजन लोग जल्दी हथियार नहीं उठाते। परन्तु यदि हथियार उठाने की वजह को खत्म कर दूँ तो कानून और व्यवस्था पर कोई आँच नहीं आएगी। तुम्हारे पीछे तो पूरी जनता है। मेरे पीछे कोई नहीं, मैं अकेला हूँ। एक बार आदिवासियों ने हथियार उठाया नहीं कि चलो रन्धावा बदली हो जाओ। इसी के चलते मैं तुमसे केवल एक मौका चाहता हूँ।

—मौका !

—हाँ। काम करने का मौका।

—मौका !

भइयासाहब की आँखों में हँसी दौड़ गई। उन्होंने कहा, तो मैं साफ-साफ तुमसे कहता हूँ। नवम्बर में सरकार कानून बनाकर कामिऔती प्रथा को खत्म करने जा रही है। यह बात कामिया लोग नहीं जानते हैं। देवकी मिसिर के पास करीब पन्द्रह सौ से ज्यादा लोग कामिया के रूप में काम करते हैं।

—मेरे से जो भी सम्भव होगा मैं करूँगा।

—क्या करोगे ?

—उन्हें कामिऔती प्रथा से मुक्त करवाऊँगा।

—बहुत खूब। इसके बाद ? उन लोगों के पास जीने का साधन

तो है नहीं। ऐसे में वह फिर से कामिया बन जाएँगे।

—उसका भी कोई हल ढूँढ़ना पड़ेगा।

—तो क्या मैं समझूँ.... ?

—हाँ, मैं तुम्हें मौका दूँगा।

—ठीक है। मैं चलता हूँ। तुम भी यहाँ से चले जाओ।

—क्यों ?

—क्योंकि तुम्हारे सिर पर सरकार ने इनाम की घोषणा की है।

—कौन इनाम के लालच में आएगा ?

—क्या यह कहना सम्भव है ?

—इस इलाके का कोई आदमी तो इस इनाम के लालच में नहीं आएगा।

—यही होना भी चाहिए।

—तुम बलबीर प्रसाद को कहीं अपने खाते में द्वारकानाथ मत बनाना।

—अरे नहीं भाई, इससे कांस्टेबल लोग नाराज हो जाएँगे।

—कांस्टेबल ?

खेतिहर, बटाईदार, सीमान्त किसान के घर से ही तो कांस्टेबल लोग आते हैं, और तुम्हारी लड़ाई किन लोगों के लिए है ?

—उसी से समझो। अब मैं चलता हूँ। टाटा, बाई-बाई, नमस्ते, जयहिन्द।

रन्धावा के चले जाने के बाद भइयासाहब ने कहा कि बड़ा पहुँचा हुआ चीज़ है। देखा, तुम लोगों ने कि वह क्या कह रहा था ? चलो, चलो। तुरन्त चलते बनो इस जगह से।

प्रसाद ने कहा कि क्या हम पुलिस के मामले में गलती तो नहीं कर रहे हैं ? उन पर भरोसा करके छोड़ देना क्या उचित हो रहा है ?

—प्रसाद तुम हो कामरेड और साथ ही उल्लू के पट्ठे भी हो। पूछो क्यों ? अरे प्रसाद हम इनसे बन्दूकें छीन रहे हैं। क्योंकि हममें कुछ लोग बन्दूक चलाना जानते हैं और हमें अभी बन्दूकों की जरूरत है। समझे ?

—हाँ।

—पुलिस मारों गाँव के लोग केवल अपनी हिम्मत के बल पर

थोड़े दिन संघर्ष कर भी लेंगे। मगर उसके बाद ? मालिक महाजन ने कानून और व्यवस्था का नारा बुलन्द किया नहीं कि पुलिस फौज गाँव के गाँव को घेर लेगी। तब क्या करोगे ?

—भइया इतना सब हम नहीं समझते। परन्तु दस वर्ष पहले की लड़ाई से हमें जो सीख मिली, उसी के भरोसे काम कर रहे हैं। तुम अगर दूसरे किसी जिले का उदाहरण लोगे तो हम नहीं मानेंगे। वह एक कृषि प्रधान जिला है। वहाँ संघर्ष कभी भी रुका नहीं। उस जिले में चल रहे संघर्ष को ढेरों एक्स सर्विस फौजियों की भी मदद मिली जो बाद में कमरेड बन गए थे। उस जिले में बन्दूक भी लोगों के लिए कोई अनजानी चीज नहीं रही है। वहाँ के लोहार हमेशा से ही बन्दूक बनाते हैं। वर्षों से उनका ये पेशा रहा है। बन्दूक वहाँ कुटीर उद्योग के रूप में बनाई जाती है। और हमारे गाँव का कुटीर शिल्प है घास की चटाई और देवकी जैसे रावण, जो इलाके में प्रशासन तक को घुसने नहीं देते हैं। भइया अपने हाथ से काम करो तभी न पता लगेगा कि एक ही राज्य में अलग-अलग मिट्टी पाई जाती है। बताओ ऐसा क्यों होता है ? क्योंकि मिट्टी केवल जमीन नहीं आदमी भी होता है। जमीन और आदमी दोनों को मिलाकर ही मिट्टी होती है। अपने हाथों से काम करो तब समझ में आता है कि कौन सी जमीन किस फसल के लिए है, और किस तरीके से फसल को उगाना सम्भव है।

—हाँ जी भइया साहब, समझे।

—हमारे राज्य में लड़ाई का तरीका दूसरे राज्यों से अलग है। अब उधर पश्चिम बंगाल को ही ले लो। वहाँ किसी भी लड़ाई को अखबार में जरूर लाया जाता है। वहाँ का लड़ाकू जवान न जाने कितना अखबार निकालता है। हम न समझे वो तरीका।

—हम भी न समझे। काहे अखबार में प्रचार के लिए सोचो ?

—काम बड़ा कि प्रचार ? और जितना प्रचार होगा उतना ही बाहर का पानी इलाके में घुसेगा, है कि नहीं ? एक छोटा सा पौधा जैसा भी नहीं होता हमारा कोई संघर्ष कि सब खत्म हो जाता है।

—देखो, हर चीज का एक समय होता है। कुछ समय प्रचार के साथ संघर्ष करने का होता है तो कुछ समय संघर्ष, बगैर प्रचार के भी करने की जरूरत होती है।

—एक टाइम मकई का और एक टाइम धान का। इसी से समझो। ठीक बोला कि नहीं ?

—अब समझ में आया। चलो, अब चलते हैं।

—आगे का क्या प्रोग्राम है ?

—दनादन चलाने का प्रशिक्षण देने का टाइम।

—उस बात का क्या हुआ ?

—कौन-सी बात का ?

—कान्डा में सड़क बनवाने की बात ?

वहीं तो जा रहे हैं। जंगलिया गाँव है। दनादन ट्रेनिंग देने से भी कोई खास काम हो नहीं रहा है। दिन की रोशनी में सड़क बनवा रहा हूँ। इस कान्डा गाँव में मेरे रिश्तेदार रहते हैं।

—कैसे ?

—बिरिज पारही का ससुराल है यह कान्डा गाँव। उसकी बीवी की उम्र अभी कम है। अभी उसका गौना नहीं हुआ। ऊपर से देवकी और उसके लठैत इतने दरिन्दे लोग हैं कि उनके डर से गाँव के लोग जल्दी गौना करके बीवी घर नहीं लाना चाहते।

प्रसाद ने कहा, इतना कुछ सोचने की जरूरत नहीं है। कोई भी आदमी आगे से इस तरह की बेहूदगी को बर्दाश्त नहीं करेगा। बात खत्म।

—एकदम सही बात। हालाँकि यह भी सच है कि यह कहानी केवल जगूखारा नहीं बल्कि पूरे देश-भर की है। हरिजन और आदिवासी घरों की बहू-बेटियों को जब मन किया, मालिक लोग उठा ले गए। उन पर मानो इन्हीं लोगों का मालिकाना हो। तुम्हें मालूम है कि हरिजन, आदिवासी लोगों की बहू-बेटियाँ इस अकथ्य अत्याचार को क्या कहती हैं ? वह कहती हैं हमनी हैं मुर्गी का चेंगना।

—केवल मालिक महाजन ही क्यों ? पुलिस भी भला कहाँ पीछे रहती है ?

—ठीक कहा। मालिक महाजन हमारे घरों में आग लगा देता है, लाशें बिछा देता है, माँ-बहन को नंगा करता है। यह मालिक लोगों के काम करने का तरीका है, उनका अपना पैटर्न है। पुलिस, मालिक की मदद के लिए आती है, घरों को आग लगाती है, लाशें बिछा देती है,

माँ-बहन को नंगा करती है। यह उसके काम करने का अपना तरीका है। उसका अपना पैटर्न है।

—इसका हम मुकाबला कैसे करें ?

केशव ने इतनी देर बाद अपना मुँह खोला। इतनी देर तक केशव बड़े ध्यान से अपने बाल काट रहा था। वह सब विषय में आत्मनिर्भर होना चाहता है। उसके अनुसार अपने बालों को खुद काटना, हर राजनैतिक कार्यकर्ता का एक अत्यन्त आवश्यक कर्त्तव्य है। केवल यही नहीं, हरिजन संघ से बाहर निकलकर जब वह भइयासाहब के साथ आने लगा तब उसने प्रसाद के बिस्तर से दो चादरों को अपने साथ रख लिया था। बाद में एक चादर से उसने अपने लिए एक कुर्त्ता और दूसरे से इजारा या पजामा जैसा कुछ बना लिया था। उसकी इस पुकार पर भइयासाहब या प्रसाद ने कोई प्रतिक्रिया नहीं दी। इससे इस मुहिम में फिलहाल वह अकेला ही था।

केशव ने कहा, भोजपुर जिला ने दिखा दिया है कि इसका मुकाबला कैसे किया जाता है। जगदीश प्रसाद की हरिजन-स्थान की माँग को याद करो। इस समस्या का मुकाबला राजनैतिक रूप से ही किया जा सकता है।

—हमें बहुत से काम करने हैं।

—जरूर।

वह लोग कान्डा चले गये। उन्हें तब तक नहीं मालूम था कि आपातकाल, आनेवाले दिनों में कौन-सा रूप लेनेवाला है। उनको यह भी नहीं मालूम था कि आनेवाले दिनों में पुलिस के साथ उनका संघर्ष किस मोड़ पर होगा। आनेवाले कल के बारे में सब कुछ जान लेना असम्भव है। उसका तो केवल अन्दाज भर लगाया जा सकता है, और कल के सही अन्दाज के लिए आज को पूरी तरह से निचोड़ लेना जरूरी है।

बिरिज के ससुर दिका पारही ने कहा, संघर्ष का नारा बुलन्द कर तुम लोग चले गए, अब बताओ, सड़क को कौन बनाएगा ?

—हम, तुम, सब मिलकर बनाएँगे।

—सो तो ठीक है, पर अभी सामने कई दिक्कतें हैं।

—क्यों ?

—कैसे न होई ? ए लातू, लतुआ रे ! !

—आई-ई !

घास का एक गट्ठर सर पर रखे एक चौदह-पन्द्रह बरस की बच्ची वहाँ आ आई और हाथ से अपना गट्ठर जमीन पर पटक दिया और अपने शरीर, हाथ-पाँव से चींटियों को झाड़ने लगी। बोली, कितनी चींटियाँ हैं रे ! हाथ-पाँव पर काट-काट कर बेहाल कर दिया। क्यों बुला रहे थे।

उसके कपड़े यूँ तो काले थे पर गर्द और धूल से बदरंग हो गए थे। हाथों में लकड़ी के कंगन। यह कंगन उराँव लोग बनाते हैं। इन पर लाख लगा देने से इनकी चमक देखते ही बनती है। लड़की के कान में पीतल की कीलें लगी थीं।

—तोहरा ससुराल का आदमी...इनका पानी दे।

—लाती हूँ।

लातू अन्दर पानी लेने चली गई। दिका ने कहा, यही है सभी दिक्कत की जड़। उसका गौना होगा, अपने घर जाएगी। अब उसके लिए कपड़े-लत्ते, बिस्तर, गहने वगैरह देना है कि नहीं। सो मैं मालिक के पास एक दिन गया, देवगढ़। जानते हो, उसने क्या कहा ? उसने कहा कि अपनी लड़की को भेज दे इधर चार-पाँच दिनों के लिए, जरा देखूँ कि वह गौना करने के लायक तैयार हुई है या नहीं। मैं तो राम-राम कहते हुए वहाँ से चला आया।

—रुपए उधार लेने गए थे ?

—हाँ-हाँ।

—कोई जरूरत नहीं है, उधार लेने की। बिरिज को महीने के महीने तनख्वाह मिलती है। उसे अगर अपनी बीवी का गौना करवाना हो तो खुद यहाँ पर आए और अपनी बीवी को सजाकर ले जाए।

—वह सब तो ठीक है। पर मैं भी उसका बाप हूँ आखिर।

—बाद में जब हाथ में पैसे आएँ तब अपनी बेटी को जो मन में आए दे देना। अब जाओ और पानी गर्म करो।

—यह भी कोई कहने की बात है। इधर तुम लोगों के आने की खबर सुनकर पूरा गाँव तुमसे मिलने को आ रहा है।

एक बुढ़िया ने कहा, कि, काहे न आई ? इनके आने से हमका

चाय न पीने को मिलता है ? पानी चढ़ा दिया है। लोटा भी ले आई हूँ। भइयासाहब ने चुटकी ली, अरे ओ, टोकरा की नानी, चाह पीने में तुम्हें शर्म नहीं आती ? चाह पीने से तुमरा जात न जाएगा ?

—जात गया भाड़ में। चाह पीने से शरीर में ताकत आता है।

चाय का पैकेट, तेजपत्ता और गुड़ लेकर केशव पेड़ के नीचे चला गया, जहाँ एक बड़े-से मिट्टी के हंडे में पानी उबल रहा था। इतना बड़ा मिट्टी का हंडा उन्होंने अपनी जिन्दगी में पहली बार देखा था।

प्रसाद ने पूछा कि उनके चावल-आटे का पैसा वह किसे दे ?

कान्डा के लोग कह उठे, अरे-अरे यह क्या कहते हो ? कल जो होगा देखा जाएगा, पर आज तो तुम हमारे मेहमान हो। आज तुम लोगों की लिट्टियाँ हम अपना खाना बनाते वक्त बना लेंगे। करौन्दे का अचार और लिट्टी।

टोकरा की नानी के सिर में एक बड़ी सी जटा है। अब वह भी क्या करे ! महादेव ने उसे सपना दिया था और तभी से वह जटा बनाए घुम रही है। यह जटा उसके लिए एक गर्व का प्रतीक भी है। हालाँकि उसे इस बात का डर था कि उसने अगर अपनी जटा काट दी तो उसकी मौत हो जाएगी। इधर गाँव के मेहमानों में से एक केशव ने, आज एक मीरजाफर वाला काम कर दिया। उसने नानी को बहुत सी चाय पीने को दी। चाय पीकर नानी को झपकी आ गई और वह खर्राटे भरने लगी। इस बीच मौका पाकर केशव ने नानी की जटा को काट दिया। रात को जब गाँववाले एक साथ खाना खाने बैठे तब टोकरा की नानी की नींद खुली और उसने एकदम से रोना-चीखना शुरू कर दिया। यह गाँव का सामूहिक भोज था। सभी अपने-अपने आटा, दाल, मकई, सत्तू, पिसा मिर्च लेकर दिका के आँगन में इकट्ठे हुए थे। नानी रोती जाती और खाना खाती रहती और लोगों को बताती रहती कि कल वह मर जाएगी।

पर यह क्या ? दूसरे दिन सुबह नानी जिन्दा थी। केशव ने उसके सर पर कार्बोलिक सोप रगड़कर जूएँ खत्म कर दिए।

सर में छोटे-छोटे सफेद बालों से नानी के बाल अब लड़कों जैसे हो गए थे। प्रसाद ने कहा कि, नानी ! तेरा ये महादेव-शिव सब पोंगापन्थी है। अब देख जूएँ न रहने से तुझे आराम मिला या नहीं ?

—वही तो ! सबसे बड़ी बात है कि मैं अभी भी जिन्दा हूँ।

केशव ने कहा, नानी की खूबसूरती बढ़ गई है। ऐ नानी, तू अकेले अब कहीं हाट-मेले में मत जाना, कोई उठा के ले जाएगा।

इन लोगों के कान्डा में रहने के बीच ही कहीं से खबर आई कि हाट में बिरिज ने टोकरा के बाप को कहा है कि माघ के महीने में वह लातू को गौना करके ले जाएगा। वह अपनी बीवी को अपने गाँव में नहीं रखेगा, क्योंकि जगूखारा गाँव बहुत बुरी जगह है, बल्कि वह तोहरी बाजार में मकान किराए पर ले लेगा। इसके बाद लोगों ने एक अजीब खबर सुनी, कि, पगला साहब रन्धावा ने जगूखारा में सभा आयोजित की और वहाँ पर ऐलान किया कि अब से कामिऔती खत्म। अब से कोई कामिऔती नहीं करेगा, और जो भी इसके लिए किसी को मजबूर करेगा, थाने में उसकी शिकायत जाएगी और उस पर कड़ी कार्यवाही की जाएगी।

टोकरा के बापू ने लोगों को यह बात बताई और कहा, हाँ-हाँ कर दो खत्म कामिऔती ! सरकार को क्या है ? उसने आव देखा न ताव, कामिऔती खत्म कर दी। अब मालिक जो हमको लुक्मा खाने को देता था, वह कौन देगा ? कामिया लोग अब भला क्या खाएँगे ? यह कौन हमें बताएगा ?

नानी ने यह कहकर सभी को ताज्जुब में डाल दिया कि, इसमें परेशान होने की क्या बात है ? इस बात को ऐसे देखो—हम लोग देवगढ़ के जमादार सिंह के कामिया हैं। हम पहले जो काम करते थे वहीं करेंगे और मजदूरी भी लेंगे और लुक्मा भी। क्यों, ठीक है कि नहीं ?

—क्या वह राजी होगा ?

—कैसे नहीं राजी होगा ? जब वह बाहर के मजदूरों से काम करवाता है तब वह उन्हें मजदूरी और लुक्मा देता है कि नहीं ?

टोकरा के बापू ने कहा कि, सुनते हैं कि सरकार ने पुराना कर्जा भी माफ कर दिया है।

नानी ने कहा, तब तो मालिक फिर अत्याचार करेगा।

—हाँ-हाँ। यह तो होगा ही, तब हम क्या करेंगे ?

भइयासाहब ठठाकर हँस पड़े। कहा, नानी इतना सटीक जवाब

कैसे दे रही है रे ?

—तुम लोग जब पढ़ाई-क्लास करते हो तब क्या मैं उन बातों को नहीं सुनती ? बगैर पढ़े कभी कुछ मिला है भला आज तक ?

—नानी तूने सही समझा है। बस एक बात का ख्याल रखना, यह खास तौर पर दिका और लातू को बोल रहा हूँ—बिरिज जब आए, तब तक हम लोग इस गाँव में नहीं रहेंगे। मगर गोली चलने की बात किसी से न कहना।

—नहीं नहीं, कोई नहीं बताएगा।

दुसाध का लड़का जाकान माझी ने धीरे से कहा, तुम लोगों के पास एक बन्दूक तो जरूर होनी चाहिए ?

—अभी है हमारे पास।

—गोली ?

—वह भी है।

—इसके बाद भी क्या छीनने की जरूरत है ?

—मौका समझकर। पुलिस और होमगार्ड को क्या कहना है, यह तो तुम्हें मालूम ही है।

—मगर छीने बगैर बन्दूक कहाँ से मिलेगी ?

—जरूरत पड़ी तो हम बन्दूकें बनवा लेंगे।

—बनवा लेंगे ? यानी ?

—हाँ। बनवा लेंगे। इसके लिए दूसरे जिले से किसी को बुलवाया गया है। वह हमें सिखाएगा।

जाकान ने कहा, समझा। यह तो बहुत अच्छी बात है, और बन्दूक छिपाने में भी कोई मुश्किल नहीं होगी। हमारे जंगल इसके लिए बहुत अच्छी जगह हैं। कान्डा की यह एक खासियत है। यह सुविधा दूसरी जगहों पर नहीं मिलती है।

भइयासाहब ने हँसते हुए कहा कि, क्रान्ति के लिए हमेशा जंगलों से हमें मदद मिलेगी, यह सोचना भी बेवकूफी है। इसीलिए कह रहा हूँ कि जब जैसी सुविधा होगी, उसी के अनुरूप हमें अपनी लड़ाई लड़नी होगी।

—हाँ और तुमने यह भी कहा है कि लड़ाई हमेशा जारी रहती है। यही सच है। लड़ाई कभी खत्म नहीं होती। कामिऔती प्रथा समाप्त

की जा चुकी है। सेवकिया लोग यह कभी नहीं जान पाते। उनको यह बताना भी लड़ाई का ही एक हिस्सा है। उसके बाद एक ओर मालिक लोगों के अत्याचार को रोकना और दूसरी ओर जबरन बेगारी करवाए जाने का मुकाबला करना—अपने आप में एक साथ दो लड़ाइयाँ हैं। एक लड़ाई तुरन्त करनी है और दूसरी लड़ाई लम्बी खिंचनेवाली है। मालिक लोगों को अगर सबक सिखाना है तो इसके लिए कामिऔती करनेवाले लोगों के लिए एक विकल्प तलाशना जरूरी है जिससे वह मालिक लोगों की कामिऔती पर निर्भर न रहें। अभी इसी लड़ाई की जरूरत है। इसके लिए जरूरी है कि कामिया लोगों को वह हिम्मत मुहैया करवाई जाए जिसके बल पर वह कह सकें कि—नहीं हम बेगारी नहीं देंगे; कि—कर्जे की बात भूल जाओ मालिक। और इसके लिए जरूरी है, पहली लड़ाई, कि कामिया को यह एहसास दिलाना है कि वह अब स्वाधीन है। वह अब किसी का गुलाम नहीं है।

महज एक कानून बना देने से एक लड़ाई नहीं जीती जा सकती। एक ओर कानून बनता है तो दूसरी ओर उस कानून से बचने के हजारों रास्ते बन जाते हैं। सच बात तो यह है कि भारत में जमीन के मालिक लोगों के लिए हाथी खरीदना, मोटर-गाड़ी खरीदना, मकान खरीदना एक आसान-सी बात है, उसी आसानी से वह थाना-पुलिस, कचहरी और न्याय व्यवस्था को भी खरीद लेते हैं। यह देश उनके लिए है। वह देश के लिए नहीं हैं और यह बात उनके चाल-चलन, आचार-व्यवहार से स्पष्ट होती है।

केवल कानून बना देने से जमीन छीनने और कामिऔती पर अंकुश नहीं लग सकता। ठीक वैसे ही जैसे केवल हरिजन संघ बनाए जाने से न तो हरिजनों पर होनेवाले अत्याचारों पर रोक लगती है और न ही महिला समाजसेवी, महिलाओं का बलात्कार रोक पाती हैं। गगर हथियारबन्द आन्दोलन यह सब रोक सकता है। यदि इस आन्दोलन का नेतृत्व कामिया, बटाईदार और खेत-मजदूरों के हाथ में हो। हथियारबन्द आन्दोलन के लिए कुछ भी असम्भव नहीं है क्योंकि वह अब केवल प्रतिरोध का महज हाथ नहीं रह जाते हैं बल्कि वह अब दिमाग बन जाते हैं। हथियारबन्द आन्दोलन, कुछ भी करने में सक्षम है क्योंकि इसमें बटाईदार, कामिया की मदद करता है और बटाईदार की मदद करता

है खेत मजदूर। ऐसे में कल तक के ये भूखे, नंगे, दुबले-पतले शरीर अपने आप में हथियार बन जाते हैं और हर कोई एक-दूसरे की लड़ाई में समान रूप से भागीदारी करता है।

इस तरह एक व्यापक विक्षुब्ध जनता को हथियार पकड़ाया जा सकता है, इससे इस सड़ी-गली मर चुकी व्यवस्था में आग लगाई जा सकती है। इस रूप में इस जिले का आकार व्यापक है। शोषण-अत्याचार के प्रारूप अब भी किसी प्रागैतिहासिक जमाने के हैं। जमीन का मालिक देवकीनन्दन, इस जिले में, सामन्त श्रेणी का प्रतिनिधित्व करनेवाले किसी राष्ट्रीय चरित्र का प्रतिनिधि है। हजारों एकड़ में बेनामी जमीनों के स्वामी होने के साथ ही साथ देवकीनन्दन का प्रभाव इलाके के सरकारी दफ्तर, ठेकेदारी चक्र, व्यवसाय से लेकर तमाम व्यवस्था—हाथी, मोटर से लेकर रंडियों की खरीद-फरोख्त और शिक्षा विभाग से लेकर सिंचाई विभाग तक सर्वत्र था। वह खुद किसी कॉलेज से स्नातक तो था ही, उसके परिवार में डिग्रीधारी लोगों की बहुतायत थी। दिका पारही जैसे लोग शोषित तबके का प्रतिनिधित्व करते थे, जिसे महज तीन रुपए के कर्जे के लिए सारा जीवन दास बनकर रहना पड़ता था। मालिक उसके बेट को अपने पास रखना चाहता है, मालिक उसको भूदान में मिली जमीन छीन लेता है। देवकी और दिका के बीच संघर्ष का इतिहास हमेशा से ही रक्तरंजित रहा है।

मगर इस सीधे और आसान से रिश्ते के बारूद में आन्दोलन ने चिंगारी का काम किया। आन्दोलन एक बड़े वृक्ष जैसा होता है जिसको सीधा खड़ा रहने के लिए अपनी जड़ों को दूर-दूर तक फैलाना जरूरी होता है। लगातार होनेवाले संघर्षों, आन्दोलनों ने इसकी जड़ों को दूर-दूर तक फैला दिया। इसीलिए अब जरूरत चहुँतरफा संघर्ष की थी।

इलाके में आन्दोलन ने अब नया रूप लेना शुरू कर दिया था। रन्धावा फूँक-फूँककर कदम रख रहा था। आपातकाल अभी चल रहा था। केवल कामिऔती कानून बनाने भर से काम नहीं चलेगा। तुम बेशक उनके कर्जों को माफ कर सकते हो। परन्तु जो कामिऔती रखता है उसी के पास वैकल्पिक रोजगार के साधन भी हैं। एक बार कामिऔती प्रथा समाप्त कर देने, कर्जे माफ करने के बाद भला मालिक इन लोगों को फिर से क्यों काम देने लगा ? रन्धावा ने सोचा था कि

अलग-अलग इलाके में वह अलग-अलग तरीके से अपना काम निकालेगा।

रन्धावा ने इन कामिया लोगों के वैकल्पिक रोजगार के स्रोत के रूप में रेल के ठेकेदारों, सरकार अधिकृत राष्ट्रीय कोयला कॉर्पोरेशन के अधिकार क्षेत्र से बाहर के छोटे-छोटे दुर्गम इलाकों में स्थित कोलियरी में, जंगल विभाग के ठेकेदारों, पत्थर के ठेकेदारों के पास जा-जाकर बात की थी। उनको स्वाधीन कामिया लोगों के बारे में बताया था। बेनामी खास जमीनों की शिनाख्त के लिए उसने भू-राजस्व विभाग पर जोर डाला। महकमे के हाकिम को उसने कहा कि जबरन बेगारी करवाए जाने पर कामिया मुकदमा दायर कर सकता है। इसको सरकारी वकील मिलना चाहिए। वह खुद देवकी के पास भी गया था। उसने देवकी को कहा कि अब वह जुल्म नहीं ढा सकता क्योंकि कामिया लोग अब स्वतन्त्र खेत मजदूर हैं।

देवकी ने उससे कुछ नहीं कहा, बस उसकी ओर खून-भरी निगाहों से उसे घूरता रहा।

—आप उन्हें सरकारी मजदूरी दीजिए। आपका लाख का उत्पादन तो काफी घट गया है। उनको लाख की खेती के लिए प्रोत्साहित कीजिए। उनसे सरकार द्वारा निर्धारित दाम पर लाख खरीदने की व्यवस्था कीजिए, जिससे इन लोगों की स्थिति सुधर सके। इससे आपका ही फायदा होगा।

देवकी ने उसकी बातों का कोई जवाब नहीं दिया।

—इससे सरकार जरूर आपको इनाम देगी।

बस इस इनाम की बात को सुनकर देवकी के तन-बदन में आग लग गई। उसे अपने को राजदूत बनाए जाने से सम्बन्धित झूठी खबर और इसके चलते बदनामी की बात याद आ गई। उसने कहा—मैंने आपकी सारी बातों को सुना, रन्धावा साहेब।

—आप यह तो मानेंगे कि प्रधानमन्त्रीजी के प्रयासों के चलते इस घृण्य और अमानवीय प्रथा पर रोक लगाना सम्भव हुआ है। हम लोगों का यह फर्ज बनता है कि अपने-अपने सामर्थ्य के अनुसार इस प्रयास को सफल बनाने के लिए अपना सहयोग दें। मैं तो सरकार का एक नौकर हूँ। मेरे हाथ-पैर बँधे हुए हैं। आप सरकार के लिए काम

करते हैं, आपके पास मुझसे कहीं ज्यादा अधिकार हैं। आप खुद कामिया लोगों से काम लेते रहे हैं। आज सरकार ने कानून बनाकर कामिऔती को समाप्त कर दिया है। आपका इलाका सबसे दरिद्र और निरक्षर जिलों में से एक है। आपने केवल इलाके से लिया भर है, बदले में आपने इलाके को कुछ भी नहीं दिया। आखिर कब तक यह चल सकता है ?

—रन्धावा साहब, न आप मुझे समझ पाएँगे और न ही मैं आपको समझ पाऊँगा। बेहतर है हम लोग इस बारे में कोई बात ही न करें।

—यहाँ आप आगे से किसी पर कोई अत्याचार नहीं करेंगे।

—न मैंने पहले किसी पर कभी कोई अत्याचार किया है और न ही आगे कभी करूँगा। मगर इतना तो तय है कि मैं आज तक जिस अदब-कायदे से चलता हूँ आगे भी वैसे ही चलूँगा। नमस्ते।

रन्धावा के सामने अब यह बात दिन के उजाले की तरह साफ हो गई कि वह पूरी तरह से हार चुका है। देवकीनन्दन जैसे लोगों की लगाम कसने में वह बुरी तरह नाकामयाब रहा है। पलामू जिले में देवकीनन्दन हमारी स्वाधीनता, भारत की सरकार और भारतीय शासक वर्ग के औपनवेशिक और सामन्ती चरित्र का प्रतिनिधित्व करता है। देवकी जैसे लोग संविधान में लिखी किसी धारा अथवा भारत की दण्डसंहिता में उल्लेखित कानूनों की तरह कोई दूर की कौड़ी या अबूझ पहेली नहीं है बल्कि वह साक्षात है, जीता-जागता है। उजले गात्रवर्ण, गंजे सिर पर शिखाधारी देवकीनन्दन, सूट-बूट पहनकर हरिजनों के घरों में आग लगाता है, आदिवासी और हरिजनों की बहू-बेटियों की इज्जत के साथ खेलता है, उनको भूदान में मिली जमीन, उनकी खास जमीनों को उनसे छीन लेता है और फिर उन्हीं लोगों को कामिया बनाकर उनसे बेगारी करवाता है। कभी-कभार उसे दो-एक लोगों को मारना भी पड़ता है। भारत के लाख निर्यात से मिले मुनाफे का एक बड़ा हिस्सा वह खुद डकार जाता है।

सम्भवतः रन्धावा के सामने अब यह बात भी दिन के उजाले की तरह साफ थी कि भारत की वर्तमान छवि को अन्तर्राष्ट्रीय मंच पर अटूट रखने के लिए भारत सरकार को देवकी जैसे लोगों की जरूरत

है, न कि रन्धावा जैसे लोगों की।

रन्धावा अब समझने लगा था कि उसके इस इलाके से जाते ही देवकी अपने सभी पंजों और दाँतों के साथ इन मृतप्राय शरीरों पर हमला बोल देगा। उसे यह भी समझ में आ रहा था कि देवकी जैसे लोगों का मुकाबला करने की शक्ति इन्हीं मृतप्राय शरीरों में ही है, बशर्ते वह किसी बड़े राजनैतिक आन्दोलन को जन्म दे सकें। उसके सामने आज यह बात साफ थी कि 'अपने हकों के लिए लड़ो' और 'संगठन बनाओ' कहना जितना आसान है, 'जाओ और भइयासाहब के संगठन में शामिल हो जाओ' कहना उतना ही मुश्किल।

सच तो यह था कि इसे कहने की नैतिक जिम्मेवारी यह बनती थी कि वह भी यूनीफार्म उतारकर भइयासाहब के साथ जुड़ जाए, परन्तु ऐसा करने के लिए जिस नैतिकता, शिक्षा या पहचान की जरूरत होती है वह रन्धावा में नहीं थी।

बाद के दिनों में लोगों ने देखा कि इलाके में पुलिसिया आतंक लाने में कहीं न कहीं रन्धावा ही जिम्मेदार था।

देवकीनन्दन से बातचीत करने के बाद वह तोहरी, देवगढ़ और साहसा के थानों में गया ताकि कामिया लोग अगर यहाँ मदद माँगने आएँ तो उन्हें मदद मिले।

थाने की ड्यूटी कुछ अलग किस्म की थी। 'पुलिस कर्मचारी के लिए जनता की सेवा करने की प्रमुख शर्त यह है कि उसे हमेशा ध्यान में रखना चाहिए कि वह देश का सेवक है। उसको हमेशा यह ध्यान में रखना चाहिए कि वह भी साधारण नागरिक है। अतः उसे हमेशा साधारण जनता की मदद के लिए तत्पर रहना चाहिए। जनता के रोजमर्रा के जीवन के साथ एक पुलिस कर्मचारी का अत्यन्त प्रगाढ़ एवं आत्मीय रिश्ता रहता है। अतः हर कदम पर उसमें विश्वास और सहयोग की भावना पैदा करना हर पुलिस कर्मचारी का प्रमुख कर्त्तव्य है। इसी से एक पुलिस कर्मचारी का यह कर्त्तव्य है कि वह अपने व्यवहार के द्वारा साधारण जनता के साथ मैत्रीपूर्ण सम्बन्ध स्थापित करे। इससे उन्हें अपने काम-काज में विशेष लाभ प्राप्त होगा।'

इन थानों में दौरों के दौरान रन्धावा के साथ बिरिज पारही भी था। मृदुभाषी और शान्त स्वभाव का यह कांस्टेबल माध्यमिक पास है

और जात का घासी है। यह दोनों बातें एक-दूसरे के साथ नहीं बैठतीं। बिरिज ने माध्यमिक की परीक्षा पास की है और बिरिज का बापू दासाइन पारही देवकी के पास कामिया के रूप में काम करता है। क्या वाकई कोई घासी जात का लड़का माध्यमिक परीक्षा पास कर सकता है ?

बिरिज आजकल तोहरी थाने में सबसे चहेता है। लोगों ने यह महसूस किया है कि एक लम्बे समय तक उसको तरह-तरह से सताया गया। उससे जबरन फेटिंग ड्यूटी करवाई गई पर यह लड़का कभी भी अपनी जात और अपने सामाजिक स्तर को नहीं भूला। उसे पुलिस हैण्डबुक पढ़ने की बुरी आदत है। इधर-उधर से जो भी अखबार या अखबार का टुकड़ा मिला, उसे पढ़ने लगता है। तो पढ़े इसमें खराब बात तो कुछ है नहीं। वह कोई बदमाशी नहीं करता है।

—क्या कहा ? बिरिज पारही किताबें पढ़ता है ?

—हाँ भई हाँ। वह द्वारकानाथ का प्रिय छात्र था।

—द्वारकानाथ का !

—हाँ जी। और हरिजन संघ के प्रसाद महतो और केशव दुसाध ने उसकी बहुत मदद की है।

—अब समझ में आया। मगर वह दोनों अभी हैं कहाँ ?

दारोगा अब तक रन्धावा के तमाम झक्कीपने को झेलता आ रहा था, अब वह थकने-सा लगा था। उसने थकी हुई आवाज में कहा—क्या पता। अब तो काफी दिनों से उनकी कोई खबर नहीं मिली है।

—क्या वह अब तक जिन्दा भी हैं या मर गए ? रन्धावा ने जान-बूझकर दारोगा से यह सवाल किया, कि वह समझ सके कि दारोगा के मन में क्या है।

—ना जी। मर जाते तो हमें खबर मिल जाती।

—तुम लोगों के साथ उन लोगों की कोई लड़ाई नहीं हुई ?

—लड़ाई ! काहे की लड़ाई ?

दारोगा का मुँह अचरज से खुल गया।

—भइयासाहब ने तो आज तक किसी पुलिसवाले पर अपना हाथ नहीं उठाया। और पुलिस क्यों ख्वामखाह उसे मारने लगी ? ये कांस्टेबल लोग तो उसे अपना दुश्मन भी नहीं मानते।

—अगर ये लोग उसे अपना दुश्मन मानते तो अच्छा होता क्या ?

—काहे का अच्छा होता ? ऐसे में जनता अड़ जाती।

—तुम्हें भी ऐसा ही लगता है ?

—अरे साहब, उसको तो सभी का समर्थन मिला हुआ है। वह अपनी तनख्वाह के रुपए को इसी तोहरी के कुली-धेवड़ा और भंगी-टोले में खर्च करता था। उसने स्कूल से जाना पहले ही तय कर लिया था। इसी के चलते अपने जमा किए पूरे पैसे भी उसने उठा लिए थे। वह तो उसके बाद अपने घर भी नहीं लौटा। कुछ रुपए उसने अपनी बीवी को भेज दिए और बाकी के पैसे लेकर वह क्रान्ति करने चला गया। जाते समय अपने साथ वह केशव और प्रसाद को भी ले गया।

—तुम तो उससे मिल चुके हो। है न ?

—एक बार नहीं, कई बार। तोहरी कोई बहुत बड़ी जगह तो है नहीं। जो कुछ भी होता है सब लोगों के सामने ही होता है।

—यानी तुम्हारी आँखों के सामने वह आदमी नक्सल बन गया ?

—यही तो ताज्जुब की बात है कि वह नक्सल नहीं बना।

—तुम यह कैसे कह सकते हो ?

—ना साहब, वह नक्सल नहीं बना। नक्सल लोग पुलिसवालों को मार डालते हैं।

बिरिज, रन्धावा के साथ था, पर जब भी भइयासाहब की बात चली वह खामोश हो गया। वह देवकी के बारे में बात करता है, रोहिया के बारे में बात करता है पर भइयासाहब के बारे में कभी कोई बात नहीं करता है। रन्धावा जानबूझकर बिरिज के सामने भइयासाहब को बुरा-भला कहता है कि वह एक बदमाश आदमी है, कि वह लोगों को उकसाता है, बरगलाता है।

बिरिज जवाब में दुखी होकर अपना सिर हिलाता हुआ कहता है।

—ना हजौर, आपको सब मालूम है, आप जानबूझकर मेरे साथ इस तरह की बात कर रहे हैं।

—यह तुम क्या कह रहे हो ?

—भइयासाहब कभी बदमाशी कर ही नहीं सकते।

—तुमने अपनी पढ़ाई-लिखाई तोहरी में आकर क्यों की ?

—जागूखारा में हमें स्कूल में नहीं पढ़ने दिया जाता है। देवकीजी के डर से कोई भी स्कूल हमें लेना नहीं चाहता है। किसी भी स्कूल में

हमें दाखिला नहीं मिलता।

—तुम तो कामिया थे न ?

बिरिज के होंठों पर मुस्कान दौड़ गई। उसने कहा—अगर कामिया होता तो क्या कभी अपने गाँव से निकल पाता ? मेरे बापू और मेरी अम्मा कामिया थे।

—कितना उधार लिया था तुम्हारे बापू ने ?

—बापू ने उससे कभी उधार नहीं लिया। बापू के काका ने एक बार सौ रुपए उधार लेकर बापू और अम्मा को कामिया बना दिया था।

—उधार कितना चुकता हुआ है ?

—नौकरी मिलने के बाद मैंने हिसाब लगाया था। तब तक कुल आठ सौ रुपए का उधारी बाकी था। तनख्वाह से काफी हद तक मैंने उधार को चुकता कर दिया है। अभी केवल एक सौ उन्नीस रुपए बाकी बचे हैं।

—उसके बाद क्या करोगे ?

—तोहरी में मकान किराए पर लूँगा और वहाँ पर अम्मा और बापू को लाकर रखूँगा। एक बात कहूँ हजौर ?

—बोलो, क्या कहना चाहते हो ?

—मैं यह पूछना चाहता था कि भूदान में मिली जमीन, जिसका पट्टा हो, अगर कोई छीन ले तो क्या वह दुबारा मिल सकती है ?

—मुझे खुशी होगी कि जगूखारा और उस जैसे और गाँव के लोग मुझसे यही सवाल पूछें। क्या तुम उन लोगों के नाम और उनसे छीन ली गई जमीनों का ब्यौरा मुझे दे सकते हो ?

—मेरे पास पहले से ही लिखा रखा है।

—किसने लिखा ?

—मैंने।

—किसने इतने लोगों की जमीनें छीनीं ?

—देवकीजी ने। और कौन छीन सकता है, हजौर ?

—मैं देखता हूँ कि क्या किया जा सकता है। बिरिज यह मसला इतनी आसानी से हल होनेवाला नहीं है। क्या यह जमीनें उपजाऊ हैं ?

—उपजाऊ तो हैं पर खास उपजाऊ नहीं हैं। कामिया लोगों को उसी से भूदानी जमीनें दिलवाई थीं। किसी को खास जमीन दिलवाई तो

किसी को भूदानी जमीन मिली। लोगों को उस समय काफी जोश आ गया था। जो लोग कामिया नहीं थे उन्होंने भी इन जमीनों पर जमकर मेहनत की कि फसल का आधा हिस्सा उन्हें मिलेगा। बाद में जब मक्के की फसल तैयार हो गई तो देवकीजी ने सारी जमीनें यह कहकर लोगों से छीन लीं कि जब तुम मेरा उधार पूरा कर दोगे, उसके बाद ही तुम्हें जमीनें मिलेंगी। याद रखो कि तुम कामिया हो मेरे। पहले स्वाधीन बनो, उसके बाद जमीनें लेना।

—वहाँ के सभी लोग कामिया थे ?

—नहीं, सभी कामिया क्यों होने लगे ? जो लोग कामिया नहीं भी थे, उनसे जबर्दस्ती सादे कागज पर अँगूठे का छाप ले लिया। यह कौन सी मुश्किल बात है, हजौर ?

—वाकई बहुत आसान है, बिरिज।

रन्धावा ने समझ लिया कि प्रशासनिक रास्ते से कुछ नहीं होनेवाला। यह अपने-आप में पत्थर की दीवार पर सर मारने जैसा है। हालाँकि वह खुद भी एक प्रशासनिक अधिकारी था। इसी द्वन्द्व ने उसे परेशान कर रखा था। तोहरी लौटकर उसने इधर-उधर कामिया लोगों की खोजबीन शुरू की। कुछ-एक की शिनाख्त भी की। उसके बाद नियमानुसार अपनी बदली का आर्डर उसे मिला। एक बार फिर रन्धावा अपने काम-काज को अधूरा छोड़कर बदली का आर्डर लिये एक ट्रेन पर बैठ गया। इस प्रकार वह बरकाकाना की ट्रेन पर बैठा हुआ था। काफी तादाद में लोग उसको विदा देने स्टेशन पर आए थे।

लोगों की आँखें नम थीं। बिरिज छलछलाई आँखों से एक ओर प्लेटफार्म पर खड़ा था। रन्धावा की आँखों में पानी आ गया और नीली आँखों से होता हुआ यह पानी उसके ताम्बई चेहरे से होकर पतली धारा में बह चला। छुक-छुक करती ट्रेन ने बरकाकाना की ओर रुख किया। पहाड़, नाले, घाटियों को चीरती हुई ट्रेन बरकाकाना की ओर बढ़ चली। बरकाकाना में उसको लेने के लिए एक जीप मौजूद थी। रन्धावा ने समझ लिया कि उसे अब ऐसा कोई गुमनाम सा पद मिलनेवाला है जिस पर जल्दी कोई जाना नहीं चाहता। उसके सामने अब यह बात साफ हो गई कि अपनी तमाम ईमानदारी से उसने प्रशासन के लिए ही रास्ता साफ किया है। उसने न केवल आन्दोलन कर रही जनता के सामने

प्रशासन की एक स्वच्छ छवि को बनाया है बल्कि प्रशासन के लिए जनता तक पहुँचने का रास्ता एकदम साफ कर दिया है। अब प्रशासन किसी दरिन्दे अफसर को उस इलाके में भेजकर भरपूर फायदा लूटेगा।

हालाँकि रन्धावा ने कभी सपने में भी यह नहीं सोचा था कि प्रशासन देवकीनन्दन से भी फायदा वसूल करेगा। बरकाकाना पहुँचते ही उसे जिला सदर में जाना पड़ा और दुखी और हताश मन से वह सदर पहुँच गया। 'स्पॉट एण्ड डेस्ट्राय' या सैड के लिए बदनाम शुभ्रकेशी अफसर मुदलियार ने हँसकर उसका स्वागत किया। आई.जी. ने उससे कहा—इलाके का पूरा नक्शा हमें दे दो।

—आप किस नक्शे की बात कर रहे हैं ?

—द्वारकानाथ के विभिन्न कार्यकलापों की।

—किस कार्यकलाप की ? आप कहना क्या चाहते हैं ?

मुदलियार ने कहा—देखिए मिस्टर रन्धावा, द्वारकानाथ एक अत्यन्त नई और घातक पद्धति से आन्दोलन का नेतृत्व कर रहा है।

आप कहते रहिए। मैं केवल एक ही नक्शा या मानचित्र आपके सामने पेश कर सकता हूँ। और वह है जगूखारा के देवकीनन्दन के कार्यकलापों का मानचित्र। हो सके तो उसको यहाँ लाकर उसे मार डालिए। इससे कई हजार लोगों को मुक्ति मिलेगी। हो सकता है इससे सरकार भी आपको इनाम दे।

—आपकी यह राय अत्यन्त मौलिक है और यही स्वाभाविक भी है।

—आखिर रन्धावा की बात है। मौलिक तो उसे होना ही है।

—परन्तु हमारा ऐसा कोई प्लान नहीं है।

—मैं आपकी कोई मदद नहीं कर सकता।

—रन्धावा !

—माफ कीजिएगा सर।

रन्धावा को खुद समझ में नहीं आ रहा था कि वह क्या कह रहा है। क्या वह पागल हो गया है ?

—यह तो इन्सबआर्डीनेशन है।

—नहीं। यह इन्सबआर्डीनेशन नहीं है।

रन्धावा को अपनी आवाज खुद अनजानी लग रही थी। वह

आखिर चाहता क्या है ?

—तुम जा सकते हो।

रन्धावा कमरे से निकल गया। आई.जी. काफी परेशान-से दिखने लगे। मुदलियार ने उन्हें शान्त करते हुए कहा कि यही स्वाभाविक भी है। आखिर रन्धावा ईमानदार है। विवेकवान है। ऐसे में उसने द्वारकानाथ की वीरपूजा कर ली है। उसे लगता है कि इस व्यवस्था के लिए द्वारकानाथ का रास्ता ही सही है।

—इसका मतलब है वह इस बात को लेकर काफी सोचते रहे हैं। अब क्या किया जा सकता है ?

—इसीलिए द्वारकानाथ को मारना जरूरी है।

—और रन्धावा !

—उसे कोई और जगह दे दीजिए। पहले उसे छुट्टी पर भेज दीजिए, उसके बाद किसी दूसरी जगह पर तबादला कर दीजिए।

और इस तरह रन्धावा एक बदनामी का सेहरा बाँधे चला गया। इधर बिरिज पारही जब अपने गाँव लौटा तो कभी कामिया के तौर पर काम करनेवाले गाँववालों ने उसे घेर लिया कि तुम तो अब पुलिसवाले बन गए हो। तुम हमारी छीन ली गई जमीनों को हमें वापस दिलवाओ। मालिक ने हमें खेतमजूर का काम देने से साफ मना कर दिया है। उधर वह साहब तो हमको बोलकर गया है कि हमारे जमीन हकीअती की जमीन है और कोई हमसे नहीं छीन सकता। तुम तो अकेले एक हम सभी में पढ़े-लिखे हो, और तो और तुम तो अब बन्दूकधारी पुलिसवाले भी बन गए हो।

कबीर पारहइया और जगेसर नागेसिया ने उससे कहा कि, तुम हमारी मदद करो।

—जरूर मदद करूँगा, मुझसे जो भी हो सकेगा वह मैं जरूर करूँगा।

—जो भी करना हो जल्दी करो। सुना है तुम्हारे ससुराल कान्डा में कामिया लोग अपनी जमीन को फिर से अपने अधिकार में लेने जा रहे हैं।

—मार-दंगा न करो। मैं देखता हूँ कि क्या किया जा सकता है।

बिरिज की अम्मा के सूखे चेहरे पर हँसी दौड़ गई। उसका लड़का

आज कितना बड़ा आदमी बन गया है। कितनी बड़ी-बड़ी बातें करता है। यही क्या कम है ?

—मालिक क्या कहता है ?

—वह तो हमसे कह रहा है कि कागज पर अँगूठा लगाकर फिर से कामिया बन जाओ। अरे तुम लोग बगैर कामिया बने खाएगा क्या ? चल, मैं उन लोगों का पुराना कर्जा भी माफ कर दूँगा जो नए कागज पर अँगूठा लगाएँगे। भला उसकी बात पर कोई क्यों भरोसा करने लगा। हम लोगों में किसी ने भी अँगूठे का छाप नहीं दिया है।

—कल मैं उससे बात करूँगा।

दूसरे दिन वह अजीबो-गरीब घटना घटित हुई थी। बिरिज पारही यानी तोहरी थाना का कांस्टेबल बिरिज पारही यानी दासाइन पारही की पाँच औलादों में एकमात्र जीवित बच गया बिरिज पारही, देवकीनन्दन मिसिर की कचहरी में उससे मिलने गया। देवकीनन्दन उस समय अपनी कचहरी में ही था। साल के इन दिनों वह यहाँ पर आता है और हफ्ते-दस दिन रहता है। झक सफेद चादर पर गुलाब के फूल कढ़े तकिए पर टेक लगाकर वह बैठा था। उसका मुनीम दलीप वहाँ लोगों से बातचीत कर रहा था। सेमल की रूई से बने तकिए। इस इलाके में सेमल के बहुत से पेड़ हैं। सेमल के फलों के फटने से रूई बाहर निकल आती है और लगी लेकर बिरिज जैसे छोटे-छोटे लड़के रूई इकट्ठी करने निकल पड़ते थे। सेमल की रूई को वह सरकारी जंगल से इकट्ठा करते थे जिस पर देवकी का कोई हक नहीं बनता था। एक बार बिरिज ने काफी रूई इकट्ठी की जिसे रूई धुननेवाले मतिउर रहमान ने उससे कौड़ी के भाव में खरीद लिया था। ऐसा केवल एक ही बार हुआ है। वर्ना देवकी के दो लठैत लड़के-बच्चों द्वारा इकट्ठी की गई रूई को छीनकर ले जाते रहे हैं। इससे लोगों ने रूई इकट्ठी करना बन्द कर दिया और देवकी को भी रूई मिलनी बन्द हो गई। अब तो कामिया लोग स्वाधीन थे। अब उन्हें कोई डर नहीं था। वह रूई इकट्ठी करते, पेड़ों से आँवला तोड़ते और तोहरी की हाट में बेच आते। का करें भइया। पेट नहीं न मानता। ई साला पेट तो देवकी से भी बड़ा जुल्मी है। ये पेट, आदमी से जाने तो क्या-क्या काम करवा लेता है।

—गोड़े लागे महाराज।

बिरिज ने देवकी से पुराना फासला बनाए रखा पर उसकी आवाज में पुराने दिनों जैसी दीनता नहीं थी।

—ई कौन है रे ?

—दासाइन पारही का बेटा बिरिज पारही।

—अच्छा तो तू ही पुलिस में सिपाही है !

—हाँ हजौर।

—क्या चाहता है ?

—एक अर्जी है हजौर।

थाने में रहने और अच्छा खाने-पीने से बिरिज का शरीर भर गया था। सर में कडुआ तेल। बाल करीने से सँवरे। झक वर्दी, कमर में तमंचा। बिरिज थाना से लौटते हुए देवकी से मिलने आया था।

—कैसी अर्जी ?

बिरिज को अपने आप पर आश्चर्य हो रहा था कि कचहरी के दालान में टँगी बन्दूकों, मरे शेर के सिर पर पैर रखकर खड़े देवकी के चित्र को देखते हुए भी पहले जैसा उसे डर क्यों नहीं लग रहा था ?

—हजौर, कामिया लोग अपनी खास जमीन और भूदानी जमीन को आपसे वापस चाहते हैं।

—क्यों ?

—उन्हें जब जमीन मिली थी तो आपने उनसे वादा किया था कि कामिऔती खत्म होने पर उनकी जमीनें उन्हें वापस मिल जाएँगी।

—और कुछ ?

—नहीं। बस यही अर्जी है।

—तब तू उनको जाकर बता दे कि कामिऔती खत्म करनेवाला कानून, मैं नहीं मानता। उनको यह भी बता दे कि जमीन भी है, और काम भी है। काम करें, लुक्मा लें—जैसा अब तक चला है, आगे भी वैसा ही चलता रहेगा।

—तो क्या आप उन्हें मजूरी देने के लिए तैयार हैं ?

—मजूरी ? उनको ? सवाल ही नहीं पैदा होता।

—परन्तु...

—नहीं बोला तो नहीं। अब तू यहाँ से चला जा बिरिज पारही।

—जगूखारा में तो पूरी जमीन ही भूदानी है...

—मैंने कहा तू यहाँ से चला जा।

बिरिज वहाँ से लौट आया। बिरिज के साथ केवल उसकी परछाईं चल रही थी। एकदम अकेला बिरिज वापस लौट आया।

कबीर और जद्‌दू को उसने कहा कि मालिक भूदानी और खास जमीनों को नहीं लौटाएगा, और न ही वो मजूरी ही देगा। वह कामिऔती खत्म के कानून को नहीं मानता है। उसने कहा है कि अब तक जैसे चलता आया है, आगे भी वैसा ही चलेगा।

यानी तुमसे कुछ भी नहीं किया गया।—यह एक सवाल नहीं था। जद्‌दू और कबीर यह कहकर मानो बिरिज को एक हकीकत ही बता दिया। भूदानी जमीनों पर लहलहाती फसल को कौन काटेगा ? यही सवाल अब लोगों के सामने था।

चार दिनों के अन्दर थाने में एक अभूतपूर्व चिट्‌ठी आई जिसमें कहा गया था कि जगूखारा के स्वाधीन कामिया लोगों ने अपने हक की भूदानी जमीन पर सावन के महीने में बीज बोया था। अब वह फसल काटकर अपने घरों में ले जा रहे हैं। ऐसे में इनके भूतपूर्व मालिक देवकीनन्दन और उसके लठैत, किसानों को अपनी फसल अपने घरों में ले जाने से बलपूर्वक रोक सकते हैं। अतः थाने से निवेदन है कि वह किसानों की मदद करे।

इस बार जब बिरिज अपने गाँव आया तो एक पुलिसवाले के रूप में आया। साथ में कुछ और सिपाही भी थे। जिस खेत को लेकर इतना विवाद है उसमें कामिया लोगों को जाकर धान काटने की हिम्मत कैसे हुई ? उसके बापू, उसकी अम्मा, जद्‌दू, कबीर ने उसे देखा पर कुछ नहीं कहा और चुपचाप धान काटते रहे। देवकी के आदमी थोड़ी देर से पहुँचे और उन्होंने भी धान काटना शुरू कर दिया। दलीप ने गर्व से घोषणा की कि हमारे पास दस बन्दूकें हैं। पुलिसवालो तुम यहाँ से चले जाओ। इन रंडी की औलादों का धान काटने का शौक हम पूरा किए देते हैं।

कामिया लोगों ने भी अपना धान देने से साफ मना कर दिया। दलीप ने अचानक अपने आदमियों को गोली चलाने को कहा। जवाब में पुलिस ने भी गोलियाँ चलाईं। कबीर की चीख से इलाका दहल गया। बिरिज पारही तू किस पर गोली चला रहा है ?

कौन है तेरे निशाने पर—दासाइन, मोतीचन्द और पारसोक

या देवकी के गुण्डे ? अपनी जात-बिरादरी के लोगों पर गोली चलाने के लिए गोरमेन से तुझे यह वर्दी मिली है। बन्दूकें मिली हैं। हेड कांस्टेबल के घायल होते ही दलीप और उसके आदमियों ने हथियार डाल दिए। दलीप ने गर्व से भरकर कहा कि बिरिज जा देख दासाइन पारही अब कभी भी धान नहीं काटेगा अपनी भूदानी हकीयती जमीन से।

दासाइन अब कभी धान नहीं काट पाएगा, दलीप का साला चन्दाबर कभी भी बन्दूक नहीं उठा पाएगा। हेड कांस्टेबल भी अब कभी सीधा होकर चल-फिर नहीं सकेगा। बिरिज अपनी बन्दूक को एक ओर फेंककर सामने की ओर दौड़ गया। दासाइन पारही के लहुलूहान शरीर को दासाइन की बीवी, उसकी माँ ने पके धान के गट्ठर पर सम्भालकर लिटा दिया था।

—न छूइयो, मत छूइयो बिरिज। न कुछ आसानी की, न कुछ मदद दी, अब क्या देखो हो ?

बैलगाड़ी में मृतों और घायलों को उठाकर ले जाया गया। दारोगा दलीप, उसके आदमियों और कामिया लोगों को थाने ले गया। पूरा जगूखारा गाँव इन बैलगाड़ियों के साथ-साथ दूर तक चला।

इस घटना से बुरी तरह टूट चुका बिरिज जब तक अपने बापू की तेरही करता, कामिया लोगों ने धान काट लिया। एक नए जोश के साथ यह लोग आनेवाली लड़ाई के लिए खुद को तैयार करने लगे। बिरिज से दारोगा ने लम्बी बातचीत की। बिरज ने उसके और दारोगा के बीच होनेवाली बातचीत को गाँव में आकर बताया कि हेड कांस्टेबल के घायल हो जाने से थाने की सहानुभूति भले ही कामिया लोगों के साथ न हो, परन्तु थाना, दलीप और उसके गुण्डों से काफी नाराज है। थाना, दलीप को एक अच्छा सबक देना चाहता है। इसलिए कामिया लोगों की भलाई इसी में है कि खेतों को लेकर वह कानून को अपने हाथों में लेने की कोशिश न करें।

बिरिज की माँ ने अजीब-सी निगाहों से बिरिज को देखते हुए पूछा किं इससे किसका भला होगा ?

माँ काफी दूर चली गई थी बिरिज से। मानो यह माँ न होकर और कोई हो।

—इसमें हम सबकी भलाई है।

—तुम अपनी बात कह चुके ?

—तू दंगा करेगी अम्मा ?

—वह लोग अगर शुरू करते हैं तो...

—ये तो लड़ने जैसी बात है।

—कैसे ? अपनी जमीन पर खेती करना क्या लड़नेवाली बात होती है ?

—तू नहीं समझेगी इन बातों को।

—तू कभी भी नहीं समझ सकेगा रे बिरिज। इसमें भी तेरा कोई दोष नहीं है। तू तो कभी कामिया रहा ही नहीं। कामिया वो था, मैं कामिया थी। जमीन मिली, सो मालिक ने छीन ली। वह कहता था कि कामिऔती से छुटकारा मिलने पर वह अपनी जमीन खरीदेगा। तूने भी तो आज तक कितना रुपया दिया, उसके बाद इसके खिलाफ कानून बना, उसके बाद जब खेतों में धान पक गया, जब हम लोग अपनी जमीन का धान काटने गए तब हम पर गोलियाँ चलीं, यही तो सच है, है कि नहीं ?

कबीर की अम्मा ने कहा, अब इन बातों को उठाने से क्या फायदा। अभी तक बिरिज के बापू का क्रियाकरम नहीं हुआ है। अभी इन सब बातों को नहीं उठाओ तो अच्छा है।

बिरिज की माँ ने फिर कहना शुरू किया, बिरिज का बापू एक सीधा-सादा और डरपोक किस्म का आदमी था। उसको गोली मार दिया। कभी उसने भरपेट खाना नहीं खाया। उसके शरीर से कितना खून निकला था। इतना खून आखिर उसके शरीर में था किस जगह ?

बिरिज का बापू मर गया, बिरिज एक कांस्टेबल है। हेड कांस्टेबल घायल है। हाँ जी हाँ। मानो और न मानो, पर यही सच है। पुलिस के लिए यह बात अपनी इज्जत पर बन आई थी। अकेले दारोगा की बात होती तो पैसा खिलाकर मामले को रफा-दफा किया जा सकता था; पर थाने के सिपाहियों पर भी बन आने से पैसे से दफा-रफा होने में मुश्किलें पैदा हो रही थीं। दलीप और उसके आदमियों के खिलाफ पुलिस ने अपनी कमर कस ली। गाँव के कामिया लोगों की हरकतों को दारोगा ने अनदेखा कर दिया। उसने बस इतना ही कहा कि गाँववाले अपने अक्ल पर यह काम नहीं कर रहे हैं।

मगर सच तो यह था कि गाँववाले आप ही इन चीज़ों को अंजाम दे रहे थे। भइयासाहब तो बस उनके मन में थे। भइयासाहब, केशव और महतो ठीक इस वक्त कहाँ हैं यह बात उनमें से किसी को मालूम नहीं थी। गाँववाले स्वतःस्फूर्त ढंग से लड़ाई में शरीक हो रहे थे वर्ना थोड़े दिनों के फासले में भला साहसा, देवगढ़, कान्डा, मुरहई, बिही जैसे गाँवों में कभी कामिऔती के रूप में बेगारी करनेवालों ने क्यों अपने हक की जमीन को छीनने की लड़ाई शुरू कर दी, कि भाइयो दासाइन पारही का नाम अमर कर दो ?

वर्ना क्यों भला वह लोग अपनी खास जमीनों पर अपना हक जताने लगे ? क्यों भला उन्होंने मालिक के मुँह पर दो टूक कह दिया कि काहे की कामिऔती ? कामिऔती अब नहीं करेंगे, कामिऔती खत्म हो चुकी है। पहले मजूरी दो उसके बाद ही हम अब काम करेंगे।

वर्ना आखिर क्यों खेत मजदूरों के छोटे से समूह ने कोसापुर में आकर लोगों से पूछा कि भैया, ये क्रान्ति का इलाका कहाँ पड़ता है, क्या आप मुझे बताएँगे ? हमने सुना है कि वहाँ लोगों को खास जमीनें मिल रही हैं और काम के एवज में मजूरी भी मिल रही है। क्या यह सच है ?

आखिर कहाँ लोग इस तरह की बातचीत कर रहे थे ? और क्यों केशव ने उनसे कहा था कि, क्रान्ति इलाका ? अरे भाई लोगो ये क्रान्ति इलाका नाम की जगह-जमीन को किसी आमीन ने नाप-जोखकर नहीं बनाया है। तुम अभी जिस जमीन पर खड़े होकर बात कर रहे हो, अगर चाहो तो उसी को क्रान्ति इलाका बना सकते हो। शर्त बस इतनी है कि अपना हक माँगने का भी एक तरीका होता है।

बार-बार भला क्यों जगूखारा के कामिया लोगों की इस लड़ाई के साथ भइयासाहब का नाम जुड़ जाता था ? और थाने में यह बातें एक अलग ही रूप अख्तियार करती थीं।

बिरिज का विश्वास अभी भी थाने पर और थाने की सार्वभौमता पर अडिग था। इस बार स्वयं देवकीनन्दन भी जगूखारा आ गया था। यह चैत का महीना था। रबी की फसल खेतों में पककर तैयार खड़ी थी। गाँववालों ने इस बारे में पूरी सूचना थाने को देते हुए थाने से मदद माँगी थी। थाने ने इसके चलते उन्हें दो कांस्टेबल मुहैया करवाए थे। अपनी ड्यूटी खत्म करके जब वे दोनों कांस्टेबल लौट रहे थे तो रास्ते

में उन दोनों की हत्या हो गई। देखने की बात यह थी कि उनकी मौत के बाद देवकी ने बढ़-चढ़कर मामले को तूल देना शुरू कर दिया। पुलिसवालों को क्रान्ति दलवालों ने मारा था और इसके सबूत में एक कागज आलते से 'क्रान्ति दल का प्रतिशोध' लिखा पत्र भी देवकी को ही कहीं मिल गया। इसके बाद देवकीनन्दन ने चीखना-चिल्लाना शुरू कर दिया कि यह पूरा इलाका उग्र-पन्थियों के कब्जे में है और इलाके में कानून और व्यवस्था की स्थिति एकदम बर्बाद हो चुकी है। स्थानीय थाना मामले की गम्भीरता को समझ नहीं रहा और इसी के चलते इलाके में कानून और व्यवस्था की कमर टूट चुकी है। इसका परिणाम यह हुआ कि उग्रवादियों ने पुलिसवालों की हत्या कर दी।

देवकी इलाके में सेना को बुलाए जाने की माँग कर बैठा। इसके बाद इलाके को विशेष पुलिस बल ने अपने नियन्त्रण में ले लिया। इधर इस सब हो-हल्ले के बीच दलीप और पुलिस के बीच चली झड़प की बात दब गई।

एक ओर पूरे इलाके में विशेष पुलिस बल का नियन्त्रण था तो दूसरी ओर क्रान्ति इलाके भी अपना प्रभावक्षेत्र विस्तृत करने लगे। पुलिस जहाँ-तहाँ लोगों पर हमला कर देती, खेतों में, गाँवों के गली-मुहल्लों में। पूरा इलाका एक युद्धक्षेत्र में बदल चुका था।

तोहरी थाने के पुराने दारोगा की बदली हो गई। नए दारोगा ने देवकी को भरोसा दिलाया कि इलाके में पनप रहे विक्षोभ के तीन विषदन्तों यानी भइयासाहब, केशव और महतो को तोड़कर वह एक बार फिर देवकी को उसका शान्त इलाका उसके हाथों सौंप जाएगा।

जात में वह देवकी से भी उच्च श्रेणी का ब्राह्मण था। इससे इन दोनों में समान स्तर पर बातचीत होती थी। दारोगा का कहना था कि बिहार की सीमा से पश्चिम बंगाल की सीमा को अगर किसी तरह दूर ढकेलना सम्भव होता तो सबसे अच्छा होता क्योंकि समस्याओं की जड़ पश्चिम बंगाल का बिहार के ठीक बगल रहना है। परन्तु सीमा को ढकेलना सम्भव है नहीं, ऐसे में एक ही चारा है कि हिन्दू-मुस्लिम दंगे या बिहारी-बंगाली दंगे बड़े उपयोगी साबित होते हैं क्योंकि इन दंगों से आम जनता में देश-प्रेम या जाति-प्रेम की भावना बढ़ती है।

नए दारोगा ने दूसरे कांस्टेबलों को बिरिज के बारे में सावधान

कर दिया। बिरिज पर ज्यादा भरोसा नहीं किया जा सकता है।

बिरिज ने क्यों पढ़ना-लिखना सीखा ?

क्यों उसने पुलिस विभाग में नौकरी की ?

क्यों उसने देवकी के पास जाकर कामिया लोगों के बारे में बातचीत की ?

उसका बाप दासाइन पारही क्यों मरा ?

इन सभी घटनाओं के पीछे दो अमोघ सत्य छिपे हुए थे। पहला यह कि बिरिज द्वारकानाथ का छात्र था और दूसरा यह कि बेरोजगार रहने के दिनों में द्वारकानाथ के पैसे से वह मूँगफली चबाता था और केशव तथा प्रसाद के साथ हरिजन संघ में जाता था।

इसी डाँवाडोल स्थिति में अमरीश जेल से रिहा हो गया। घायल हेड कांस्टेबल को अस्पताल में ही अपने तबादले का आदेश मिल गया। एक बार फिर देवकी के आदमी इकट्ठे होने लगे।

इसी डाँवाडोल हालत में कान्डा से थोड़ी दूरी पर स्थित किसी गाँव में, इलाके के मालिक जागिरदार सिंह ने बटाईदारों और भूतपूर्व कामिया लोगों के संघर्ष का बदला लेने के लिए, जमकर आगजनी की। इस आगजनी से कान्डा भी नहीं बच पाया। जागिरदार सिंह और उसके गुण्डों ने कान्डा गाँव में हमला बोलकर आग लगा दी और कई लोगों को जान से मार दिया जिसमें टोकरा की नानी भी शामिल थी। जाते समय वह अपने साथ दो लड़कियों को उठा ले गए, जिसमें एक का नाम था लातू। देवगढ़ इलाके में देवकी की काफी जमीन थी, वहाँ के लगभग हर इलाके में देवकी की जमीन थी। यह योजना, भइयासाहब और उसके लोगों को खुले में ले आने के लिए, देवकी और विशेष पुलिस बल के इंस्पेक्टर ने मिलकर बनाई थी।

कान्डा में पुलिस चली आई। वहाँ आते ही अपने विशेष तौर-तरीकों से उसने काम शुरू कर दिया। पुलिस की सहायता के लिए वहाँ काफी लोग इकट्ठे हुए थे। मगर विशेष पुलिस दस्ते के जवानों के जंगलों में जाने के बाद क्या हुआ यह कहना मुश्किल है। क्योंकि वहाँ गए सात पुलिसवाले फिर वापस जंगल से नहीं निकले। दूसरे तेईस पुलिसवाले देवगढ़ गये हुए थे। वहाँ दिन के उजियारे में भइयासाहब और उसके लोगों के साथ आमने-सामने संघर्ष हुआ। चार दिनों के इस

संघर्ष के बाद कुल जितने पुलिसवाले खेत रहे, उतना इससे पहले कभी नहीं हुआ था। जमादार सिंह और उसके कुछ गुण्डे भी इस दौरान मारे गये। सम्भवतः जनता ही अगवा की गई लातू और दूसरी लड़की को अपने साथ छुड़ा कर ले गई। हालात पर काबू पाने के लिए इलाके में अर्धसैनिक बलों को तैनात किया गया।

इसके बाद भी सब कुछ पहले जैसा ही चलता रहा। क्योंकि संग्राम कभी खत्म नहीं होता है। इधर सन् 1977 के चुनावों के पहले ही भइयासाहब के सिर का दाम काफी बढ़ गया। सरकार ने इसके लिए पूरे दस हजार के ईनाम की घोषणा करके सभी को चौंका दिया।

हर नई सरकार अपने से पहले की सरकार के सभी काम-काज को बुरा बताते हुए नए कार्यक्रमों की घोषणा करती है। ऐसा ही स्वाभाविक भी है।

एकमात्र भइयासाहब के प्रति सरकारों की नीतियों में अद्‌भुत साम्य था।

सन् सतहत्तर की जनवरी में साहासा गाँव में संघर्ष के दौरान प्रसाद की और उसी वर्ष मार्च के महीने में कोसापुर में संघर्षरत अवस्था में कबीर पारहिया की मौत के बाद भइयासाहब का नाम थोड़ा दब-सा गया था। थाने में उसका नाम बलबीर प्रसाद ही रह गया था। लातू के बारे में किसी को कुछ नहीं मालूम था। बिरिज को भी इस मामले में खास दिलचस्पी नहीं थी। तोहरी अस्पताल में निमोनिया से माँ के मर जाने के बाद बिरिज ने जगूखारा जाना एक तरह से छोड़ ही दिया।

उसका तबादला साहसा थाने में हो गया। इन कुछ-एक वर्षों में बिरिज काफी बूढ़ा हो गया था। कभी-कभार हाट-बाजार में पुराने लोग दिख जाते तो वह उनसे बचकर निकल जाता था। वह अपने गाँव के कामिया लोगों के लिए कुछ न कर सका, अपने बापू की मौत पर कुछ नहीं कर पाया, अपनी बीवी लातू को भी वह खो चुका था।

इलाके में एक बार फिर शान्ति लौट आई थी। शान्ति। एक अभूतपूर्व शान्ति। कहीं भी मानो जीवन का कोई निशान नहीं था। इसी बीच एक खबर ने लोगों के बीच मानो एक विस्फोट का काम किया, कि देवगढ़ से अपनी जमीन का हिसाब-किताब करके लौटते समय

अमरीश मिश्र की बलबीर प्रसाद ने गोली मारकर हत्या कर दी है। यह पूरी घटना साहासा की हाट में बीसियों लोगों के सामने घटित हुई। बलबीर प्रसाद ने न केवल उसे मारा बल्कि लोगों से यह भी कहा कि पुलिस पूछे तो बता देना कि मैंने इसे मारा है। किसी ने उसे रोकने की या पकड़ लेने की कोशिश तक नहीं की। पुलिस को दिए बयान में उन्होंने कहा, कैसे पकड़ते ? हम लोग जब तक पूरी बात को समझते, तब तक वह वहाँ से जा चुका था। हम का करें ?

पुलिस के पास सूचना है कि इसके बाद वह मुरहाई जाएगा, क्योंकि फिलहाल मुरहाई को उसने अपना कार्य क्षेत्र बनाया हुआ है। बिरिज को खास तौर पर आदेश दिए गए क्योंकि केवल वही भइयासाहब को पहचानता था। बिरिज आदेश के अनुसार चल पड़ा। बारिश के दिन थे। इन दिनों कुरडा नदी को पार करना लगभग असम्भव हो जाता है। साल के दूसरे महीनों में यह नदी लगभग सूख-सी जाती है।

यह नदी इस इलाके में किसी साँप की तरह बल खाकर बिछी हुई है। बिरिज को दारोगा ने स्पष्ट आदेश दिए हैं कि बलबीर प्रसाद को गिरफ्तार करना है, उसे मारना नहीं है। क्योंकि दारोगा इस इलाके में नए सिरे से कोई झंझट नहीं चाहता है। अब वक्त पहले जैसा नहीं रहा। उस पर कानूनी कार्यवाही की जाएगी।

—जी हजौर।

अमरीश मर गया। देवकी का मानो अपना दायाँ हाथ कट गया। बिरिज ने कुछ नहीं कहा। अमरीश के मरने से बेशक देवकी, सन्तान-विहीन हो गया पर क्या इससे उसके व्यवहार में कोई परिवर्तन आएगा ? वह पहले से शायद कहीं अधिक खूँखार और जालिम हो जाएगा।

हालात अच्छे नहीं हैं। यह स्पष्ट था कि साहासा के लोग, बलबीर प्रसाद का ही समर्थन कर रहे थे।

बिरिज ने कुछ नहीं कहा। उसको इस वर्दी ने, इस नौकरी ने अपने लोगों से दूर ढकेल दिया है। कौन हैं जो बलबीर प्रसाद का समर्थन करते हैं ? कौन आज भी उसे अपने दिल में जगह देते हैं ? कौन हैं जो मुरहाई में उसके साथ लामबन्द हो रहे हैं ? बिरिज किसी

को नहीं पहचानता। हाँ, बिरिज अभी पुलिस कांस्टेबल है। वह अपना काम करेगा।

—जो उसे गिरफ्तार करेगा, सरकार उसे दस हजार रुपए ईनाम देगी।

—ओ तो ड्यूटी है हजौर।

—हाँ-हाँ ड्यूटी तो है पर बाहर का पुलिसवाला, डिटेक्टिव पुलिस क्यों ईनाम बटोर ले जाए ? ईनाम तो इलाके की पुलिस को मिलना चाहिए। और मेडल भी। उसके बाद अखबारों में खबर छपेगी, इसका फोटुआ छपेगा।

बिरिज को लगा कि वह खड़ा-खड़ा पत्थर बन जाएगा। वह भइयासाहब को गिरफ्तार करवाकर ईनाम ले रहा है, उसका फोटो अखबार में छप रहा है ?

उसने एक बार फिर कहा था, जी हजौर।

—दस हजार रुपए बहुत बड़ी रकम होती है रे बिरिज।

—हजौर हम का करेंगे रुपए लेकर ? न अम्मा, बापू हैं और न तो घरवाली।

बिरिज वहाँ से चल दिया अपनी ड्यूटी पर। चलते-चलते वह साहासा न जाकर वहाँ से थोड़ी दूर एक छोटे से गाँव छोटे साहासा के बाहर स्थित एक पुराने शिव मन्दिर के अहाते में पहुँच गया। उसे प्यास लगी थी। वह बारिश के पानी से भरे मन्दिर के कुएँ की ओर बढ़ा ही था कि उसकी ओर चली एक गोली ने उसका स्वागत किया। बिरिज तुरन्त जमीन से सट गया और सावधानी से बढ़ते हुए बिरिज ने भी हवा में गोली चलाई। फिर एकाएक पूरे इलाके में अजीब सन्नाटा छा गया। इसके बाद कोई गोली नहीं चली। उसके लिए एक अनहोनी वहाँ इन्तजार कर रही थी।

—भइया साहब ! तुम मुझे गोली मार दो तो मुझे मुक्ति मिले।

भइयासाहब उठ खड़े हुए।

—आओ-आओ, बिरिज पारही। गोली चलाओ मुझ पर।

बिरिज के सूखे गले से एक ऐसी आवाज निकली जिसे वह खुद नहीं पहचानता था—बलबीर प्रसाद ! आप अपने आप को मेरे हवाले कर दीजिए।

उसके साथ दो सिपाही और थे। उनमें एक तोहरी गाँव का दूधेश्वर बेदी। अभी वह हेड कांस्टेबल था। सिपाहियों को आने में थोड़ा वक्त लगा।

दूधेश्वर ने कहा—द्वारकाजी, आपने इन पर कौन-सा जादू चलाया है जी, किसी गाँववाले ने यह नहीं कहा कि आप यहाँ पर छुपे हैं ?

गाँववाले भी वहाँ पहुँच चुके थे, और इस घटना का मूक दर्शक बने खड़े थे।

भइयासाहब ने कहा—पुलिस को भला यह क्यों कुछ कहने लगे ? और इनको यह भी नहीं मालूम कि मैं कौन हूँ। इन पर तुम लोग कोई अत्याचार मत करना क्योंकि यह गाँववाले निर्दोष हैं।

दूधेश्वर ने कहा—द्वारकाजी आपसे हमारा भला कभी नहीं देखा नहीं गया और इसीलिए आपने दो निहत्थे कांस्टेबलों को मार कर बड़ी हिम्मत दिखाई। मगर क्या हमने कभी आपके साथ कोई बुरा सुलूक किया ?

उन कांस्टेबलों को देवकी ने मारा था। तुम लोग अगर थोड़ी अकल लगाते तो यह समझ जाते कि इन दिनों इलाके में देवकी की जड़ें हिल गई थीं, और वह अपनी जड़ें एक बार फिर जमाने के लिए एड़ी चोटी का जोर लगा दिया था। उसी ने उन दोनों को मारा और कागज में 'क्रान्तिदल' लिखकर सिद्ध करने की कोशिश भी कि यह खून मैंने किया है। मैं भला इस तरह लुकछिपकर किसी को क्यों मारने लगा ? द्वारकानाथ कोई चोर नहीं है। चोर, लूटेरा, बदमाश अमरीश को मैंने मारा और हजार लोगों की आँखों के सामने मारा। उस जमादार सिंह नाम के बदमाश को, जो बिरिज की लातू को अगवा करके ले गया था, उसको इसी के गाँव में दिन-दहाड़े मैंने मारा। बेशक मैंने पुलिस को भी मारा है। हमको अगर पुलिस मारती है तो मैं भला पुलिस को क्यों छोड़ने लगा ?

दूधेश्वर का माथा अचानक ठनका। यानी पूरी बख्शीश तो यह बिरिज डकार जाएगा।

बिरिज ने कहा—चलिए जी।

—हाँ चलो।

उपस्थित जनसमूह हाय-हाय कर उठा। भइयासाहब को पुलिसवालों

ने हथकड़ी पहना दी है। बिरिज और भइयासाहब एक ही हथकड़ी में बँधे हैं। भइया साहब की तलाशी ली गई। जनता की आँखों में आँसू आ गए। भइयासाहब हँसते हुए उनसे कहते हैं—रोओ मत। फिर मिलेंगे। देखो, कभी मैंने बिरिज को राखी पहनाई, और आज बिरिज मुझे राखी पहना रहा है। रोओ मत।

भइयासाहब को लेकर पुलिस दस्ता रवाना हो जाता है। योही नदी के किनारे पहुँचकर बिरिज ने कहा—दूधेश्वरजी! आप और रामलालजी जाकर जीप ले आइए। कैदी के पैर में घाव है। पैदल जाने पर कल दोपहर हो जाएगा। कम से कम साहासा थाना तक तो पहुँचाना ही है। आप लोग अब तुरन्त जाकर जीप ले आइए। कम से कम तीन घंटे का सफर है।

—तुम अकेले रहोगे ?

—हाँ जी। कैदी का पहला जिम्मेदार तो मैं हूँ। आप लोग अब देर मत कीजिए।

वे लोग चले गए।

और फिर उसके बाद। अचानक ही तेज बारिश शुरू हो गई थी। बिरिज की आँखों के सामने नदी का पानी बढ़ने लगा था। मानो समय ठहर-सा गया था। इसके बाद भइयासाहब ने कहा था—योही नाला की तीनों बहनें पगला गई हैं। पानी अब बढ़ता ही जा रहा है। पानी उतरे बगैर यहाँ जीप कैसे आएगी ? तुमको उसी वक्त यह जगह छोड़ देनी चाहिए थी।

—पानी कभी तो उतरेगा।

—जरूर। और मैं भी चाहता हूँ कि पानी उतर जाए, तुम मुझे जीप में लेकर थाने तक ले जाओ, दस हजार रुपए का ईनाम बटोरो। मेडेल मिलेगा, प्रोमोशन होगा।

—बस, आगे कुछ मत कहिए। क्यों इन बातों को उठा रहे हैं ?

—चलो मुझे पेशाब करना है।

पत्थर की छोटी गुफा से वह बाहर निकल आए। भइयासाहब अपने कार्य से निवृत्त हुए। बारिश अब थमने लगी थी, मगर तेज हवा चल रही थी। चारों ओर सब कुछ अनजाना-सा लग रहा था। बारिश की उस शाम ढलते पहर में पूरी दुनिया में मानो कहीं कोई नहीं था

सिवाय एक कैदी और एक पुलिस के।

—यहीं रहो बिरिज। मुझे यह ठण्डी हवा अच्छी लग रही है।

—यहीं पर रहिए।

—मुझे यह खुला आसमान बहुत अच्छा लग रहा है। कैद की जिन्दगी से तो तुम भी वाकिफ हो। हो न ?

—नहीं।

—तुम वाकिफ हो। तुम्हें यह भी पता है कि मैंने ही तुम्हें यह बताया था। तुम एक कामिया के लड़के हो। क्या कामिया स्वाधीन होता है ? स्वाधीन न रहने पर तो तुम कैदी ही हुए कि नहीं ?

—न बोलो ऐछन बात।

—काहे न बोलें ? तू डरता है का रे ? बिरिज ? मैंने तुम्हें 'डर' शब्द को भूल जाने को कहा था।

हाँ, भइयासाहब से सीखा तो था बिरिज ने। वह देवकी के सामने जाते नहीं डरा, दलीप की बन्दूक को देखकर नहीं डरा, मगर अब उन बातों को उठाने से क्या फायदा ? वह बिरिज कोई और था।

दासाइन कैसे कामिया बना ? उसके चाचा ने उसे कामिया बना दिया था। चाचा ने क्यों आखिर दासाइन को ही कामिया बनाया ?

अब तुम अपने पुरखों की बातें मुझसे सुनो। दासाइन के दादा के पास दस बीघा खेत थे। देवकी के दादा की नजर काफी दिनों से इस जमीन पर थी। एक बार दासाइन के दादा ने हल-बैल के लिए देवकी के दादा से दस रुपए उधार लिए थे। उस रुपए का सूद इतना बढ़ गया कि उसे अदा करते आठ बीघा जमीन चली गई। दासाइन के दादा जी की मौत पर दासाइन के चाचा के चाचा ने पचीस रुपए उध ार लिए। बाकी दो बीघा भी खत्म। उसक बाद चाचा को एक बार फिर रुपयों की जरूरत पड़ी, पर जमीन तो अब थी ही नहीं, सो उसने दासाइन और उसकी बीवी को कामिया बना दिया।

—आगे क्या हुआ भइयासाहब ?

—दासाइन का बेटा पुलिस बन गया ! सरकार ने घासी के बेटे को पुलिस बना दिया। मगर क्यों ? जिससे यही घासी का बेटा दूसरे घासी, नागोसिया और पारहाइया लोगों पर बन्दूक उठाए।

—हमने कभी उन पर बन्दूक नहीं तानी।

—आज तानी है तुमने उन पर बन्दूक।

—कैसे ?

—मुझको गिरफ्तार कर। मैं उनका अपना आदमी हूँ। प्रसाद महतो और कबीर पारहिया के मरने पर गाँव में चूल्हे नहीं जले थे। दासाइन पारही का नाम लेकर उन्होंने संघर्ष किया। दासाइन के लड़के का नाम कौन लेगा बिरिज ? कोई नहीं।

—कोई नहीं लेगा। मुझे मालूम है।

—इसी बात का दुख था दासाइन को। मैंने उससे कहा था कि तुम्हारा बेटा पुलिस में है और तुम भूदानी जमीन की लड़ाई में शामिल हो रहे हो ?

—बापू ने क्या कहा ? बिरिज ने फुसफुसाकर पूछा।

भइयासाहब क्यों उसके दुखती रगों को छेड़ रहे हैं ? दासाइन ने कहा, मेरा बेटा पुलिस में काम कर रहा है। उसे तनख्वाह मिलती है। अच्छा लड़का है। हमारे कामिऔती के कर्ज को वह अपनी तनख्वाह से चुका रहा है। मगर उसकी ताकत ही क्या है ? क्या मालिक ने उसकी बातों को सुना ? मुझे तो बड़ा भरोसा था उस पर कि उसके पुलिस बनने से हमें काफी सहूलियत मिलेगी। मगर कहाँ ऐसा हुआ ? तब काहे न हम अपनी जमीन का धान काटें ?

—बस, इससे आगे कुछ मत कहिए।

—क्यों बिरिज, क्यों चुप रहूँ ? जिसके अत्याचार से दासाइन कामिया बना, जिसके जुल्म के चलते दासाइन को अपनी भूदानी जमीन से हाथ धोना पड़ा, अपनी जान से हाथ धोना पड़ा मैं उस का दुश्मन हूँ। फिर भी मजे की बात देखो, कि तुम उनको कुछ नहीं कहते और मुझे गिरफ्तार करते हो। क्या यह अपने आप में तमाशा नहीं है।

—आपको गिरफ्तार करना मेरी ड्यूटी है।

—हाँ जी ड्यूटी करो। तुम्हारी बीवी लातू मेरी बहन लगती थी। जब जमादार सिंह ने उसको अगवा किया तब मैंने उस जमादार सिंह को सरे बाजार मार डाला। उसकी लाश गिरा दी। इनका लाश अगर न गिराओ तो मालिक महाजन लातू लोगों को जब मन करेगा, उठा ले जाएँगे। रोहिया कहती थी, तुम्हारी अम्मा कहती थी, हमनी हैं मुरगी का चेंगना—बेटी-बहन की कोई इज्जत नहीं है। जो लोग इतना जुल्म ढाते

हैं, पुलिस उन्हीं की मदद क्यों करती है ?

—पुलिस क्या ऊपर का हुकुम न माने ?

—न...हीं। तुम अपनी इसी ड्यूटी के चलते नौ बार अपने जात भाई पर गोली चलाते हो और कभी एक बार के लिए भी सोचकर देखो तो पाओगे कि जो क्रान्ति की लड़ाई लड़ रहे हैं वह लड़ाई दरअसल तुम्हारी अपनी लड़ाई ही है। तुम्हारी जमीनें छिन जाती हैं, तुम्हारी माँ-बहिनों की इज्जत लुट जाती है। अपनी जात के लिए कोई तुम्हारे हाथ का छुआ खाना नहीं खाता, पानी तक नहीं पीता। क्रान्ति करनेवाले इन्हीं अत्याचारों के खिलाफ हथियार उठाते हैं। और क्रान्ति का मतलब महज कुछ-एक माँगें नहीं होतीं बल्कि क्रान्ति का मतलब पूरा राज बदलना है, सरकार को बदलना है। इस लड़ाई में अगर वाकई बिरिज की बन्दूक को शिकार चाहिए तो उसे अपनी बन्दूक को देवकी के लोगों की ओर तान देना चाहिए। मगर हो यह रहा है कि जिस पर पूरे इलाके के लोगों को भरोसा है तुम उसी को गिरफ्तार कर रहे हो।

—तुम्हें क्या पता भइयासाहब, कि बापू का दुख, लातू का दुख मैं आज तक नहीं भूल पाया हूँ। गाँववाले पुलिस से नफरत करते हैं इसलिए मैं गाँव में नहीं जाता हूँ। तुम्हें क्या पता भइयासाहब कि पिछले कुछ दिनों से मैं अपने आप से लड़ता हुआ थक-सा गया हूँ।

—क्या यह सच है ?

—हाँ।

—बस।

—अचानक दूर से कई लोगों का शोर शुरू हो गया—भइया-सा-हे-ब !

—भइयासाहेब हो-ओ-ओ-ओ।

—हो...!

भइयासाहब ने अपने बारिश में भीगे बालों को झटके से पीछे करते हुए प्रत्युत्तर दिया। कहा, छोटा साहसा के लोग बहुत अच्छे हैं। उन्हीं लोगों ने दूसरे लोगों को सूचना दी होगी।

—वह लोग ?

बिरिज पूरी तरह टूट चुका था। हार चुका था।

—हाँ, वह मेरे आदमी हैं।

—वह लोग यहाँ क्यों आ रहे हैं ?

—मुझे ले जाने के लिए आ रहे हैं।

—अगर मैं आपको न जाने दूँ ?

—तुम मुझे जाने दोगे बिरिज। भला क्यों तुम मुझे रोकोगे ? उन दस हजार रुपयों के लिए ?

—रुपयों पर मैं थूकता हूँ।

—ड्यूटी के लिए ? कौन सी ड्यूटी तुम्हारे लिए बड़ी है बिरिज ? तुम दासाइन के लड़के हो। कौन बड़ा है ? लातू का पति बिरिज पारही या कांस्टेबल बिरिज पारही ? तुम शायद घबड़ा गए हो वर्ना अब तक तुम मुझ पर गोली चलाकर मुझे मार डालते। मारना चाहोगे मुझे ? मारो। उठाओ रिवाल्वर। चलाओ गोली।

रिवाल्वर थामे हाथों से बिरिज ने भइयासाहब के हाथों को पकड़ लिया। उसकी साँसें तेज हो गई थीं। मानो कोई बाघ हाँफ रहा हो। काफी देर यूँ ही चलता रहा। फिर उसने कहा—ना भइयासाहब, मैं आपको नहीं मारूँगा।

—नहीं मारोगे ?

—ना।

—सचमुच नहीं मारोगे ?

—ना भइया साहब ना। मैं आपको नहीं मारूँगा।

वह दोनों एक-दूसरे को चुपचाप देखते रहे। एकटक।

भइया साहब ने कहा—तुम्हें इसका परिणाम मालूम है ?

बिरिज के चेहरे पर एक हँसी दौड़ गई, एक कड़वाहट-भरी हँसी। उसने कहा—मेरे हिसाब से यह उन्तीस नम्बर धारा का अपराध माना जाएगा। उन्हें ज्यादा पता होगा इस बारे में।

—तुम्हें इस बारे में ठीक-ठीक जानकारी नहीं है ?

—कैसे जानूँ बोलिए न ? इससे पहले क्या कभी मैंने भइयासाहब को एस्कार्ट करते वक्त भाग जाने दिया है ?

यानी यह तुम्हारा पहला जुर्म है ?

—हाँ, यह मेरा पहला जुर्म है।

जल्दी ही वहाँ केशव, नगेसिया और जद्दू आ पहुँचे। बिरिज ने अपना रिवाल्वर फेंक दिया। उसे एक व्यक्ति ने उठा लिया। उसके बाद

लोगों ने बिरिज की जेब से चाबी निकालकर हथकड़ी को खोल दिया।

भइयासाहब ने पूछा—बिरिज तुम आओगे हमारे साथ ?

—ना भइयासाहब, मैं पानी के उतरने का इन्तजार करूँगा। उसके बाद नदी पार करनी है, वे लोग भी आते ही होंगे। तुम लोग अब देर मत करो। चले जाओ।

—पर क्यों बिरिज? क्यों तुम हमारे साथ नहीं आ रहे हो ?

कांस्टेबल बिरिज पारही चीख उठा—मुझे मेरी ड्यूटी करने दो। मैं क्यों भागने लगा उन लोगों से ? मुझे उनका इन्तजार करना है और उन्हें एक-एक बात बतानी है। यह काम क्या तुम करोगे ? यह काम तो मुझे ही करना होगा। और इसके अलावा...

किसी राजसी घमण्ड के साथ बिरिज ने कहा—तुम अपने लोगों से मेरा नाम लेने को कहना। फिर वह कभी भी, किसी भी लड़ाई में हों। आज शाम की इस घटना का सुमिरन करना। जब कई लोग एक साथ मेरा नाम लेंगे तो तुम भी सुनना, लोगों की आवाजों में मेरा नाम भी तुम्हें मधुर लगेगा। बिरिज पारही। बस मुझे और कुछ नहीं कहना है।

बिरिज पीछे की ओर घूम कर खड़ा हो गया। वे लोग चले गए।

सामने उफनती योही नदी, तेज बारिश और घिरती शाम के साथ उस इलाके में बिरिज अकेला रह गया। बिरिज ने अपना सर उठाकर आसमान की ओर देखा। सामने उफनती नदी में पानी की लहरों के थपेड़े गुजर रहे थे। बिरिज को महसूस हुआ कि उसने सही काम किया है। यह भागने का नहीं, सामना करने का समय था। जहाँ वह खड़ा है कहीं यह इलाका ही तो 'क्रान्ति इलाका' नहीं बन गया ? क्रान्ति किसी अमीन के माप-जोख का इन्तजार नहीं करती है। क्या यह सही है कि यहाँ से वहाँ जहाँ पैर रखो वहीं का इलाका क्रान्ति इलाका बन जाएगा ?

जीप नदी के दूसरे किनारे पर आकर रुक गई। तेज बारिश और जीप की तेज रोशनी में बिरिज अकेला खड़ा था। एक तेज ह्वीसल की आवाज आती है।

●●●